看見屍體的男人

起源 下

I

시체를 보는 사나이
더 비기닝

空閑K

黃莞婷 譯

*本書中提及的地名、政府機關名等皆屬虛構，與現實無關。

目次

第12話
不速之客的暴行

雖然身體疲憊，但腦中紊亂的思緒讓我整夜沒睡好。我看了看手機顯示時間，才早上六點。我努力閉緊雙眼，但卻變得更加清醒。

要不要打給閔組長？我坐起身想打電話，隨即躺了回去。他大概還沒起床吧，沒錯，他昨天貌似喝了不少酒。

客廳傳來老媽的動靜。在我的記憶中，爸媽通常天一亮就起床準備出門開店，而我從小就看著他們忙碌的身影一個人吃早餐。從來不曾有過爸媽叫醒我，再全家人一起吃早餐的經驗。

不過，今天我不是一個人。我聽著房外傳來老媽與素曇的談笑聲，嘴角不自覺地勾起。從素曇的聲音感覺得到她是真的很開心，她好像很喜歡和老媽相處，我不想妨礙她，就這麼多躺了一陣子。

老爸在早餐快準備好時醒來，伸展了身體後走出房間。接著是素曇輕快的問候聲，而老爸用更高一個音階的聲音，開心回應她的早晨問候。我連忙推開房門，正想融入那濃情時刻，這時門鈴忽然響了。老媽交代素曇繼續吃飯後走向玄關，老爸也附和著要她先吃，不過素曇放下了筷子。

「始甫哥，你起來啦？」

「早安，素曇。妳有睡好嗎？爸早安。」

「早，快來吃早餐。」

「是誰一大早跑來？」

「不知道。很少有人會這麼早……。會是閔刑警嗎？」

「啊，是嗎？我去看看。」

我走出玄關，輕推開門，聽見外頭傳來陌生的聲音。

「請問這是南始甫父母的家嗎？」

「是的，請問有什麼事嗎？」

「我是警察，方便幫我開門嗎？」

「警察？有什麼事嗎？」

「南始甫先生在嗎？我有事來找他。」

「始甫住首爾，您為什麼要來這裡找他？」

「啊？所以他現在不在……。不，請開個門，一下子就好。」

「請稍等一下。」

老媽看向探出頭的我，打手勢要我進去，我放輕動作關上玄關門，趕忙跑進廚房。

「怎麼了？是誰？」

「好像是警察。爸，我和素曇回房間，就當作我們兩個沒來過這裡，知道嗎？剛才媽也是這樣對警察說的。」

「知道了，快進去。」

「他可能會進到家裡來，廚房的碗筷麻煩你了。」

「好，我會收，別擔心，你們進去吧。」

我慌張地想去收起玄關鞋子，「喀！」的一聲，是大門打開的聲音。

「謝謝。您是……南始甫的母親嗎？」

「是的。」

「您好，我是安敏浩巡警，請問南始甫去哪裡了？」

「去哪裡？他應該在首爾的考試院啊，為什麼跑來這裡找他？我兒子出了什麼事嗎？」

「不是吧，我聽說他回老家了啊……。伯母您好，又見面了。是我，金刑警。」

「喔，您好。有什麼事嗎……？始甫有說他要回家嗎？你們來之前怎麼不先打個電話呢，他現在不在這裡。」

「原來如此，看來他還沒到家，那我們先進去吧，我還有事想問。」

「要問什麼？在這裡問吧，我剛好要出門……。」

「不，一下子就好了，我必須進去確認一些事情。」

「等等，您不可以……」

金範鎮刑警不顧老媽擋住了門，硬是擠進院子裡。

「謝謝。那邊是玄關嗎？安巡警，進去吧。伯母也是。」

「是，組長。」

砰！

隨著大門關門聲，傳來了老媽追趕兩人的急促腳步聲。

「等等，我還得去店裡……」

「很晚了，妳還在拖拖拉拉什麼？衣服拿去！」

老爸遞了件外套給老媽。

「啊，您好，請問是始甫的父親嗎？」

「我是。您是哪位？」

「失禮了，我是首爾銅雀警局的金範鎮刑警，這位是……」

「什麼？首爾？首爾警察來這裡幹嘛？怎麼辦，我們現在很忙，要去店裡才行。邊走邊聊吧。」

「現在要出門？這麼早？請等等……」

「哎喲！已經這麼晚了？快走吧老公。」

「對啊，一早就要準備很麻煩。來不及了！快走吧。」

老爸迅速地穿過兩位警察身邊，轉眼間就走出了大門，金範鎮刑警和安刑警傻在原地看著他。

「屋主要出門，警察先生你們還要進去？還不快出來？」

「啊……好的，那麼邊走邊聊……。不對，我們不是……」

「你們大清早來找我兒子有什麼事？」

「那個……」

「啊，在幹嘛？邊走邊說吧，要來不及了。」

喀啷！

我聽見大門關上的聲音，爸媽和警察的說話聲逐漸遠去。

多虧老爸的反應神速，才阻止了警察進到家裡。正當我還在想該從哪裡逃出去時，老爸冷不防地推開房門，叮囑我絕對不要出去後便快步走進房間，拿起外套走了出去。雖然在老爸的幫忙下沒被發現，但他們已經找到家裡來，代表這裡不宜久留。

這時，家裡電話突然響起，我怕是警察故意打來試探所以沒接。我們仍因為警察的突然到訪而驚魂未定，只能眼睛盯著電話呆站著，直到電話鈴聲停止視線仍久久無法移開。

「素曇，繼續待在這裡好像很危險，我們出去吧。」

「要是警察在外面怎麼辦？」

「啊……也對，他們搞不好埋伏在外面。怎麼辦……？」

「始甫哥，我們先觀察情況再決定吧。」

「要等等看嗎？……好，再觀察一下吧。」

我將手機調成震動模式，走進房間將幾件衣服和手機充電器裝進包包裡。我以為素曇在房外等著我，結果她也走進房裡換上第一次到我家時穿的外出服。

「素曇，妳留在這裡比較好吧？反正警察找的是我，妳待在我家不會有危險。」

「你是要我一個人待在這嗎？我不會告訴伯父伯母真相，但我也不會讓你一個人出去的。我答應過會救你。」

「不，那樣的話我……」

「你拋下我一個人，我搞不好會把實情全都告訴伯父伯母。不過要是你讓我一起去，我願意保密。」

素曇調皮地笑著說道。看到她撒嬌的可愛模樣，我也忍不住心軟笑了出來。

這時候，手機傳來震動。是老媽打來的。

「喂？媽。」

「兒子，你現在在哪？有警察來家裡找你。」

「什麼？什麼意……啊……啊啊，這樣啊。」

「等等，我讓警察跟你說。拿去。」

「哎，始甫，我是金刑警。」

「啊，你好，你到我家有什麼事嗎？」

「我是來找你的。不是啊，要見你一面可真不容易欸。你現在人在哪裡？在家嗎？」

「對，我在家。」

「是嗎？但伯母說你不在家欸。」

「不是我爸媽家，是考試院。」

「啊哈，你不在水原，而是在考試院？你人真的在考試院嗎？」

金刑警意味深長地問道。那一刻，我猛地想起考試院前搞不好有其他警察在等我。

「啊……不是，那個……我到千戶了。」

金刑警忽地拉高嗓門，說道：

「始甫！你到底在哪裡？老實告訴我。」

「我剛才說了，在千戶……。」

「哈，是嗎？好。那閔宇直在哪裡？你們在一起嗎？給我交代清楚！」

「幹嘛這麼凶？我哪知道他在哪裡。」

「會怕啊？也是啦，你當然會怕。事情已經成定局了，你還要繼續嘴硬嗎？始甫你也是……」

「喂，刑警先生！你幹嘛用這種口氣對我兒子說話？」

「伯母，聽清楚了。你兒子窩藏了罪犯。我！是我！客氣地勸導他！他卻老是這種態度！」

「什麼？你一個刑警怎麼能亂說話？」

「等一下，金刑警！爸、媽你們聽得到嗎？媽！媽！」

「你等著瞧，始甫！看看因為你一個人，你的家人會變成什麼樣，聽到沒！」

「金刑警這個王八……」

嘟、嘟、嘟。

瞧不起我就算了，但敢動老爸老媽的話，我絕對不饒他。

「始甫哥，還好嗎？怎麼了？」

「等等。」

我立刻回撥給老媽，卻只有響個不停的等候鈴聲。

「不接電話，怎麼辦……？」

「怎麼了？發生什麼事了？」

「金刑警好像在我爸媽的店裡鬧事，我去趟店裡，妳留在家裡。」

「剛才那位警察嗎？又不是流氓，怎麼會……」

「老媽沒接電話，以防萬一，我必須去看看。」

「始甫哥，你剛才不是說你人在千戶嗎？你現在過去就會被拆穿了……。」

「有差嗎！現在重點是這個嗎？」

我按捺不住內心的不安而動怒。看到她瞬間暗淡的神情，才意識到自己失控，把氣出在了她身上。

「啊……對不起，我不該對妳發脾氣……。」

「沒有啦。和伯父伯母有關，當然會生氣……。我們一起去吧，我也要去。」

「妳留在這裡，我很快就回來……。喔，等等，我爸打來了。」

我正要走出玄關時，老爸打來了。

「爸，沒事吧？」

「喂？兒子，我們沒事。你在哪裡？」

「我在家，真的沒事？我現在過去。」

「不用啦，你就留在家裡吧。那個金刑警剛走，真是個討人厭的傢伙……」

「發生了什麼事？」

「哪有什麼事。他來嚇人，還真以為我會怕他啊！沒事，別擔心。」

「老媽呢？她還好嗎？」

「就說沒事了。她只是稍微嚇了一跳，我怕你擔心，趁她去休息才打給你。反正我們沒事，你待在家裡不要亂跑，有事就打給我。」

「對不起，爸，你們今天早點關店回家，我不放心素曇一個人在家。」

「怎麼了？你這麼快就要走？是……閔刑警打來了？」

「還沒。我是怕有什麼萬一，所以你們今天早點回來，好嗎？」

「好，知道了，我們會早點收拾好回去，別太擔心。」

「好的，爸，素曇就拜託你們了。」

「知道了。你還沒吃早餐吧，和素曇一起吃吧。」

「好。」

「嗯，先這樣。」

金刑警這傢伙一定有隱瞞什麼事，否則他沒道理做出此舉。他肯定是因為花了太久的時間卻還沒抓到閔組長，開始不耐煩。如今事情走到這般地步，閔組長人究竟在哪裡？而且一直沒接電話……。難道他真的想不開了？

「始甫哥，伯父伯母他們還好嗎？」

「對，他們沒事。不用擔心。妳不餓嗎？剛才還沒好好吃早餐。」

「啊，你快點吃吧，我沒什麼胃口，坐著看你吃就好。」

我沒多說，坐在餐桌前拿起湯匙，雖然感到飢餓卻食不下咽。可是不知道什麼時候會需要出門，也不知道什麼時候能吃下一頓，為了填飽肚子，我勉強將早餐吞下肚。

素曇坐在對面看著我，問道：

「你打算去哪裡？閔組長還沒聯絡你吧？」

「對啊……。我打算先在家裡等他，他應該會聯絡我。」

「這樣啊，你先吃吧，其他等吃完飯再說。」

等我吃完早餐，已經是上午十點多了。可能是因為起得早，我累得眼睛睜不開。只能坐在沙發上無所事事，會睏也是當然。

為了醒腦，我起身泡了兩杯冰咖啡，再回到客廳時，本來坐在沙發上的素曇不見人影。她坐在房間裡的電腦前，專注地看著先前在她家看過的行車記錄器影片。

她反覆看鏡頭傾向一邊，近距離拍到她父親臉部的片段，專注到沒發現就我站在她身後。素曇已經沒事了嗎？我不禁感到擔憂。

我小心翼翼地將冰咖啡放在螢幕旁，她嚇了一跳轉過頭，這才發現我在身後。

「喝咖啡吧。」

「謝謝，始甫哥，我都沒發現你進來了。」

素曇喝了口咖啡，露出笑容。

「妳在看什麼，重看這麼多次？」

「只是……想看一下有沒有線索。啊，對了，你看這裡。」

素曇手指向螢幕一角，認真地說道：

「在這裡，你有看到打我爸的人的拳頭和手腕嗎？」

「有，但是很模糊。」

「對，有點模糊，但或許會有什麼特徵，所以我才一直重複看，想看看有沒有清楚的畫面。」

「原來……。妳看這個真的沒關係嗎？」

「我沒事啦。重看這麼多次，反而沒什麼感覺。你也坐下來一起看。」

我坐在素曇拉來的椅子上，觀察她的表情。雖然她說想找線索，但一直看這樣的畫面……。我無法想像她的心情，只感到更加心痛。

「妳怎麼還會想要找線索呢？」

「我真的……想知道是不是閔組長做的。所以想說如果仔細看的話，會不會看到凶手的特徵……。正好沒事做，這時候還唸書好像不太對，才想來找找看線索。」

「不會啊，素曇，妳現在也算是在準備考試。這就像是警察實習課程啊，妳已經做好應考的準備了。哈哈。」

「啊，真的耶，實習……哈哈。」

「還沒發現什麼吧？」

「對，還沒。只拍到了手腕和部分的手掌，而且很模糊。放大影片的話，解析度就會比靜止時更低，再加上拍攝角度是斜的……很難找到線索。」

「素曇，我懂妳的心情，但這樣一直看真的好嗎？」

「我沒事，替我爸找出凶手本來就是我該做的……。這種程度我忍耐也是應該的，不是嗎？爸那時候為什麼會說出那樣的話……」

素曇哽咽著再也說不下去。

「妳別看了去休息吧。換我來看，有發現線索的話會立刻告訴妳，妳不需要自己一個人辛苦。」

「……好的，謝謝……。那我去一下洗手間。」

「好。」

結果反倒是我觸動了她強忍的情緒。某種程度上，或許我是希望她能坦率地表現悲傷。我無法想像，也不敢想像失去父母的心情，還有現在的她究竟有多傷心。

行車記錄器的影片真的會如素曇所說，還有其他的線索嗎？我看見的只有揮動的拳頭與手腕上方偶爾露出的袖角。袖角的顏色很暗，看不出特別之處，手腕也沒有戴飾品。

這樣就算看一整天也看不出個所以然吧……。

「咦？」

模糊的靜止畫面裡，那人的左手拇指處的手背有個東西，好像是小傷痕。因為很暗，原以為是影片的殘影，現在仔細一看好像是道疤。

畫面能不能再調得更清楚呢？閔組長說不定會知道什麼方法……。我忽然想起昨天和閔組長的對話。

該死！他算哪門子資深刑警？這麼脆弱還想破案。我發出了深深的嘆息。

真的要就此放棄嗎？我要怎麼救活……我自己？只要那天不去發生的地點就能逃過一劫嗎？只要沒有出現非得去的理由……是啊，只有這個方法了。啊！不對，假使如老爸所說……。

「始甫哥！始甫哥！」

「啊，爸！」

「爸？」

「喔，不對。沒事，怎麼了？」

「你在想什麼？專心到要我搖你才聽見？」

「抱歉，我有一想事情就聽不見周遭聲音的老毛病。哈哈……啊，對了。素曇，妳看看這個。」

「怎麼了？你找到什麼了嗎？」

「這裡。不過因為是靜止畫面，所以有些模糊。看得到手背的下方嗎？」

「看到了，那不是陰影嗎？」

「我起先也以為是陰影或殘影，但從其他片段看……。像是這裡。」

素曇凝神細看了我說的地方。

「若說是陰影或殘影，大小和位置都一模一樣有點奇怪。我覺得是傷疤。像不像是被刮鬍刀之類薄的東西割傷的？」

「刮鬍刀？你為什麼會馬上想到這個？」

「喔，因為……啊哈哈，我國中放學回家路上，曾經被路邊可怕的小混混攔下來搶錢。我當時沒錢，又怕得半死……。明明再過一條巷子就是我家，也不敢大叫。」

「什麼？在家附近嗎？」

「對啊，其中有個小混混拿刮鬍刀架在我的脖子上。他跟我要錢，我從口袋掏出硬幣，他覺得我在耍他所以想用刮鬍刀割我，我下意識舉手擋住。這裡，看得到嗎？當時被割傷的痕跡還在。」

「真的耶……。」

「那時候流了超多血，那些小混混可能也嚇到，就直接跑走了。他們大概只想嚇唬我，沒打算真的動手，沒想到我舉手的時候卻不小心割到了。真的超痛，我哭得超慘，那些小混混都跑光了，我還站在原地大哭。」

「為什麼？怎麼不快點回家？」

「我怕他們知道我家在那裡，下次直接找上門，或是在我家門口堵我，所以我一直等到看不見他們身影才回家。」

「始甫哥，你真的是……。在那種情況下，怎麼還有辦法想得到這些。」

「就是說啊。總之，我說的沒錯吧？是不是很像？不過要確認的話，只能找專家了。」

「專家？」

「就是閔組長。他一定有辦法分析這個畫面，或是有認識這方面的專家。」

「那快打給組長吧！假如你說對了，這搞不好就能當作證據。」

「沒錯，我馬上打……。等一下。」

我不忍告訴素曇昨天的通話內容，因為要是她知道了，可能從此鐵了心不再信任閔組長。

我在心中暗自祈禱，希望閔組長這次會接電話，但鈴聲響了約三聲就斷了。我不放棄再撥一次，這次耳邊傳來了「您撥的電話現在暫時不方便接聽」的語音提示。閔組長現在乾脆不接我的電話了。他真的要去自首？

這時，門鈴聲突然響起，一想到有可能又是金刑警，我瞬間全身僵硬。

「始甫哥，好像有人來了，怎麼辦？」

叮咚、叮咚、叮咚、叮咚。

我從窗戶往外看，有人在大門口朝著屋內探頭探腦，看那個人東張西望的模樣，好像不是警察。

「妳待在這裡，我去看看。」

「好，你小心。」

我輕輕地打開玄關門，注意聽大門外傳來的聲音。是一個模糊又耳熟的聲音……。

「始甫……是我。……直！」

我內心大驚「閔組長？」並跑向院子。以防萬一，我隔著大門再次確認：

「請問哪位？」

「是我，閔組長。沒事了，開門吧。」

「你怎麼不接電話？」

「出了些狀況……。進去再說吧。」

「你真的是一個人來的？」

「什麼？對啊。為什麼這樣問？」

「沒什麼。請等一下。」

嗶，喀啷。

「請進。」

「始甫，快進去。」

我掃視過周遭後關上大門。在確定門確實關上後，我才放心跟著閔組長進屋。

「素曇小姐，妳還好嗎？」

「組長，你去哪了？我們都很擔心。」

「對不起。不好意思……可以給我杯水嗎？」

「我去倒，你先坐。」

「謝了，始甫。」

我把裝好水的水杯遞給閔組長，問道：

「你吃過飯了嗎？」

「唔，我先喝口水……。」

閔組長咕嚕咕嚕地將杯子裡的水一飲而盡。

「慢慢喝，到底發生了什麼事？」

我看著將水一口氣喝光的閔組長，接著說道：

「金刑警一早來過家裡，他可能以為我們和你在一起，不然就是他很確定我知道你在哪裡。」

「呼，原來如此。不過他就這樣放過你，直接回去了嗎？」

「我爸媽跟他說我不在這裡。我後來只和他通了一下電話，幸好他沒發現我們在家裡。」

「這樣啊。你爸媽一定嚇壞了吧？他們應該也看到新聞了，沒說什麼嗎……？」

「我爸媽不在意，你不用擔心，我有好好解釋了。比起這些，請你先到房裡看一下影片。」

「影片？」

「杯子給我吧，組長。」

「謝謝妳，素曇小姐。」

素曇接過杯子，仔細留意了閔組長的左手，確認他的手背上有沒有疤，從她沒特別的反應看來，那個人不是閔組長。

我們進到房間裡，讓閔組長看監視器影片中凶手手背的靜止畫面，閔組長也留心觀察了其他畫面，說看起來應該是傷疤沒錯，並將影片轉傳給某位朋友，請對方進一步檢查。

閔組長將影片傳給朋友後，打電話給對方說明了原委。

「是你上次提到過，那位在警察廳的朋友嗎？」

「對，沒錯。就是上次拜託他查高南錫刑警的朋友。」

「啊，你查過那位刑警是在哪個單位了嗎？」

「查了。我朋友說他三年前退休，後來因為事故去世了，我要他再查一下有沒有相似的名字，不過他說這名字不罕見到處都有，等查完後會再聯絡我。在我看來，是那個人為了隱藏身分，給李真成看了假的證件。」

「啊，拿高南錫刑警的證件來用……。的確不無可能。」

素曇在一旁聽著，憂心忡忡地開口：

「組長，你昨天人在哪裡？」

「這個……說來話長。」

「為什麼？發生什麼事了嗎？」

閔組長猶豫片刻，接著便向我道歉：

「始甫，抱歉，我昨天那副德性讓你……」

「沒關係的，我很擔心你，幸好你平安回來了。」

「你們昨天有通電話？」

素曇瞪大圓滾滾的眼睛，視線在我和組長之間來回。我連忙搖手說：

「沒什麼，我們只是短暫通了一下電話，沒問到什麼事，所以就沒特別告訴妳。」

「我對你們兩個都感到很抱歉。其實，昨天我跟著始甫父母一起出門，然後回家一趟。」

「你昨天在家裡嗎？」

「我想回家看看老婆和孩子，但……警察埋伏在我家公寓附近，我進不了家門，於是打電話給我老婆。不過直覺告訴我有人在監聽，所以講沒兩句就掛斷了。」

「警方連你的家人都在監視？」

「對，我老婆在電話裡頭哭不停，要我去自首，說我很快會被公開通緝，到時候孩子和她就沒辦法繼續待在韓國生活了。她要我先自首，然後證明自己的清白。聽到她說這些話，我心如刀割，只好答應她我會去自首……想著不如就這樣放棄。可是，真的不是我做的……。在證據被捏造的情況下去自首，我沒信心能證明自己的清白……。」

「你真的沒有像是不在場證明之類的證據，可以證明你是無辜的嗎？」

「李真成命案的前一晚是我值班，所以事情發生的當天我在家休息。我想拿我家大樓的監視器證明清白，但聽說警察已經拿走了原始檔，這表示對方已經先下手了。」

「那李延佑警衛被殺的時候呢？」

「那個啊，那天是延佑被正式任命為重案一組組長的前一天，我們晚上約好一起聚餐，不巧那一晚發生了李真成命案，所以聚餐也取消了，只有我們二組的幾個人一起喝了幾杯。然後，那天……延佑死了。我醉到連自己怎麼到家的都不記得，是老婆凌晨五點多叫醒我，說延佑死了什麼的，我那時還以為自己在做夢。」

「真的嗎？那這起案子你不就有不在場證明了嗎？」

「不算有。素曇小姐，我查了案件紀錄後發現，延佑的死亡推定時間介於晚上十點到午夜十二點之間。那段時間我人還在警局。」

「什麼？你不是說你喝醉回家，睡到一半聽說了李延佑警衛的死訊，為什麼會是在警局……？」

「從時間上來看是那樣沒錯，我和同事各自分開後，回家前先去了趟警局，問題是……我不記得我為什麼會去，我明明記得自己是要搭計程車回家。是警局的監視器拍到我下計程車，走進警局又走出來的畫面，我才知道這件事。偏偏監視器拍到我的時間是晚上十一點到十二點之間。」

如果閔組長不是凶手的話，這兩起案子都像是經過巧妙安排，蓄意誣陷閔組長。我在腦中逐步整理好情況，開口說道：

「你完全不記得當時去警局見了誰，或做了什麼嗎？」

「嗯……對啊，我完全沒印象……。再加上警察手上又有素曇小姐父親的行車記錄器影片，我現在是進退兩難。這種情況要怎麼去自首？就算自首也無法洗刷我的罪名……。」

「就算是如此，你怎麼能喝成那樣？」

「因為清醒著實在太難熬了，我去了小酒館想喝點酒看能不能好一點，繼續撐下去，結果看見我的名字和照片出現在新聞裡，我嚇了一跳趕忙離開。沒地方能喝，我只好去附近的超商買了幾瓶燒酒，找了家偏僻的汽車旅館。」

「就算再難熬，也應該回來這……。」

「在那種狀態下，我沒有自信能面對你們。要不是始甫，我可能真的會放棄。我灌了三瓶燒酒之後倒頭大睡，是始甫打來的電話叫醒了我。聽了你說的話之後，我就瞬間清醒了。」

「始甫哥說了什麼？」

素曇瞪著圓圓的眼睛問，我難為情地笑了笑，答道：

「喔，哈哈，沒什麼……。組長不是說要一起找出救我的方法嗎？所以我很生氣地說『你不是說會救我嗎！』哈哈，但組長直接掛我電話，我那時候超級失望。」

「抱歉，我不是故意的。因為酒還沒醒，所以不知不覺又睡到凌晨，醒來之後腦中開始回想起始甫說的每一句話，我不知道自己當時究竟在想什麼……實在很慚愧。無論我有多難受和痛苦，我也應該竭盡所能救始甫，抓到殺害素曇小姐父親的真凶。我做的這些事都是為了始甫和素曇小姐……。不，這本來就是警察的義務。我是因為這樣才回來的。」

「組長……。」

「對不起，素曇小姐、始甫。」

經過了片刻沉默，素曇鼓起勇氣說出真心話：

「一定會有辦法的，不是都說只要有必死的決心，就沒有辦不到的事嗎？之前我也沒能說出口……但這就是我能撐到現在的原因。」

「素曇小姐……。原來是這樣……。」

閔組長低頭道歉，氣氛嚴肅得像是參加葬禮。

「哎，你幹嘛這樣。我們非常感謝你願意回來，是真的。」

「謝謝。我答應你們，以後絕不會再發生這種事。」

素曇淺淺一笑，問道：

「你的胃還好嗎？還沒吃飯吧……？」

「其實胃的確不太舒服，我能再喝點水嗎？」

「請等一下，我去拿。」

我看著素曇跑向廚房，又將目光轉向了閔組長。他憔悴的模樣正說明了這段時間所經歷的煎熬。

「要不要吃飯？我去準備馬上好。」

「不用了，我也不能在這裡待太久。其實我走出汽車旅館，想找點東西吃時，恰好有幾個警察進了汽車旅館。不知道是有人報警，還是隨機臨檢。要不是我剛好離開，現在已經被抓了。」

「真的嗎？呼，好險。」

「我怕被警察發現，於是漫無目的地逃跑。雖然我一路謹慎，但這附近太多監視器了，不安全。我必須儘早離開，去別的地方比較好。」

「你要去哪裡？」

「我會先回首爾打聽消息，或是像昨天一樣待在汽車旅館……。」

「不行，組長，要是警察像這次一樣闖進去怎麼辦？這次是運氣好，難說下次會不會……」

「小心一點就不會有事的。」

「不要這樣，我和你一起回首爾……」

「不行，始甫你留在這裡，我自己行動就行了，這樣更安全。」

素曇從廚房拿來茶杯，遞給閔組長：

「組長，給你。廚房有蜂蜜，所以我泡了蜂蜜水，喝一點吧。」

「蜂蜜水嗎？哎呀……謝謝妳，素曇小姐。」

「還是吃點東西比較好吧？」

「組長說他馬上要走。」

「為什麼？」

閔組長一口氣喝完蜂蜜水，說道：

「我有點事要處理。始甫，距離那天還有多久？我是說你死……的那天。三天？還是四天？」

「喔……大概三、四天吧，如果我預想的沒錯，約莫是第四天晚上十二點到一點之間。」

「好，我記住了。那天你不要去鷺梁津，無論發生什麼事都不要去，知道嗎？」

「等一下，組長，就這樣？」

閔組長好像想盡快整理好這裡的情況就離開。

「始甫，假如你真的是因為我才遭遇不幸，我一定要在那之前抓到凶手，絕不能讓那種事發生。你只要替我祈禱就好了。還有，像剛才的影片一樣，發現新線索就通知我。你只需要做到這些就夠了。要是事情與我無關，那我也……我也會想出辦法。」

「什麼？組長，你是要我坐在這裡祈禱袖手旁觀？不行！我要一起去，有幫手不是更好嗎？而且，你只有在我身邊才有辦法救我，不是嗎？素曇？」

「始甫哥說的沒錯，一起行動吧，組長。」

「不行，當然能一起行動是很好，但我覺得這樣要求你們太過分了……。而且情況可能會比想像中更危險……」

「沒關係，我從一開始就知道很危險，是我自願幫你的。還有，要是遇到危險……還有你會救我，哈哈，不是嗎？所以不用太抱歉。啊哈哈。」

在這種嚴肅的情況下我還能開玩笑，自己也覺得很荒謬，只能乾笑。

「沒錯，組長要在始甫哥身邊保護他，還有我也……」

在素曇說出自己也要一起行動之前，我搶先打斷她的話，說道：

「不行，妳留在這裡。」

「始甫哥，我說過我要和你一起行動，我不喜歡一個人留在這裡，這樣更可怕。萬一我在這裡遇到危險，誰會來救我？還有，組長不可能時時刻刻在你身邊，不是嗎？」

「這……。我爸媽說會提早回來，這件事結束之前，我會要他們暫時不要開店。還有，我會像口香糖一樣黏在組長身邊，寸步不離，妳不用擔心。」

「這像話嗎？為了讓我留下，你要妨礙伯父伯母賺錢養家？」

「喔，不，不可以。當然不行。」

在一旁聽著我們對話的閔組長「嗯……」地猶豫著。片刻之後，他小心翼翼地開口：

「素曇小姐說的沒錯，這裡也不見得安全。對方知道你們倆會一起行動，不能保證素曇小姐自己留在這裡，對方會不會有什麼動作。我們還是一起行動吧。」

「但是，組長……。」

素曇用至今最為真摯的表情看著我，說道：

「始甫哥，這不僅是你們兩個人的事，也是在找殺害我爸的真凶。不用再勸我了。」

「始甫，看看素曇小姐的眼神，你放棄吧。不用太擔心，我會優先保護你和素曇小姐的安全。」

「好吧……。素曇，妳絕對不能搶在前頭，只能待在我身邊，知道嗎？」

「知道！我會緊緊黏著你！」

素曇露出燦爛的笑容挽住我的手臂，閔組長也開心地笑著看我們。我敵不過她宛如甜美毒藥的笑容，也跟著笑出來：

「啊，組長，要是你還沒決定要去哪，我爸說可以拜託他住千戶的朋友，去那裡怎麼樣？」

「是嗎？那當然好……。不過每次都欠你們人情。」

「不要這麼說。那我問一下我爸。」

老爸聽我說明完情況之後便傳來他朋友家的地址。老爸原先也希望素曇留下，但聽到她堅持一起離開，也就沒多說了。

出門前，考慮到閔組長的安全，我決定替他喬裝打扮一番。我從自己的衣服中挑出看起來最幹練的外套，再讓他戴上帽子，閔組長瞬間看起來年輕了好幾歲，但卻比原本刑警的模樣更醒目了。正當猶豫著如此一來光戴帽子是否不夠時，又想到我有沒鏡片的眼鏡，便拿給閔組長戴上。這幾天奔波受苦，使得他容貌憔悴，加上長了很多鬍鬚，有了眼鏡與帽子的偽裝，讓閔組長看上去判若兩人。我自己則是戴上帽子，遮掩頭上的傷。

我們在水原站下車，坐下來等候轉乘地鐵。

「組長，現在要直接去千戶洞嗎？」

「你們兩個先去，我要去別的地方見朋友……。」

「那個在警察廳工作的朋友？」

「對，我和他約了見面，去看一下影片分析得怎樣，還要再打聽幾件事。可能會有危險，你們先去千戶洞。」

儘管我內心過意不去，但還是點了點頭，問道：

「還有什麼需要打聽的嗎？」

「我想調查一下高南錫刑警。還有我也拜託他打聽金範鎮刑警……我得當面確認。」

「為什麼要打聽金刑警？」

「之前不是說金刑警很可疑嗎？所以我請他一併調查。至今所有事件單憑金刑警一個人應該無法辦到，很可能有幕後主使者或是共犯，所以我想調出他近期的通聯紀錄和存摺明細。」

「這些都查得到嗎？」

「這……警察也得遵守規矩，所以不容易。」

「那要怎麼……」

「始甫哥！你太遲鈍了吧？聽也知道是違法的啊。」

「啊……組長，對不起。」

「不會啦，素曇小姐說的沒錯。這個調查並不合法，你就當作沒聽到吧，素曇小姐也是，知道嗎？」

素曇聳了聳肩，一副聽不懂的模樣。

「什麼？剛才有說什麼嗎？」

「這樣就對了，哈哈。」

「看來遲鈍的只有我。啊哈哈，那大家一起去吧，我們在附近等你。」

「不用……」

「對啊。組長，搞不好你會需要我們幫忙呀。」

「你怎麼知道去的路上會發生什麼事？」

「你們兩個真固執。好吧，但先說好，你們只能待在附近。」

素曇笑得燦爛，伸出小拇指表示一言為定。我反覆思索閔組長說的話，整理思緒後問道：

「組長，那麼你認為金刑警背後的主使者會是誰？」

「不清楚。只能推測非常可能是有人躲在幕後協助或是和他合作吧。金刑警不是一個會細心策劃然後執行的人。我肯定有人在背後操縱，或是有共犯。」

「會不會是蔡非盧組長？」

「你是說蔡非盧警正*1？怎麼會提到他？」

「啊，有件事我還沒告訴你……。昨天我在電視上看到你的公開通緝新聞，報導中出現蔡非盧組長的畫面，我才發現他就是我在李延佑警衛眼裡看見的人。」

「什麼？你是說真的嗎？」

「是真的。我在警局正門看見的不是交通管理系的崔南吉警監，而是蔡非盧組長。」

「怪不得……我也調查了崔南吉警監，但沒發現任何不對勁。原來如此，是蔡非盧啊……。」

「既然他出現在李延佑警衛眼睛裡，那會不會與這次的命案有關呢？」

自從聽到蔡非盧這個名字，閔組長好一陣子都沒說什麼話。是該將所有事告訴他的時候了……。隨著陸續坦承自己所看見的事，心情也變得越來越沉重。

「還有，在鷺梁津看見我的屍體那一天……」

「嗯，怎麼了嗎？」

「其實，那天……」

好不容易開了口，話卻像卡在喉嚨怎樣都說不出來。閔組長和素曇擔心地看著吞吞吐吐的我。

「什麼事？你說。」

「沒、沒什麼。我想了想覺得應該不是，是我搞錯了，抱歉。」

＊1：韓國警階，職位有警察署課長、警察廳或地方警察廳系長。

「是嗎?小事也能成為線索,想到什麼就立刻告訴我吧。地鐵來了,上車吧。」

「始甫哥,你還好嗎?」

我努力揚起嘴角,點點頭。

之前老爸說的事我到現在都還耿耿於懷。爺爺為了救高中生,阻止他到看見屍體的死亡發生地點,結果那名學生卻在別的地方發生意外離世。如果我將閔組長的死訊告訴他,就算那天他不去那個地方,會不會也像那個高中生一樣死在別處?縱使避開事發地點,也不能保證能逃過死亡。

但是素曇的狀況又是為什麼?她不也是因為第三者攪局,才救回一命嗎?她現在活得好好的,也沒發生任何意外。兩件事之間的差別只在於我是親手抓住……啊,難道……。沒錯!原來如此!光是避開發生時間沒有用,而是要在看見屍體的地點逃過死亡才能倖免!如果我的推測沒錯,閔組長和我也必須在事件發生的那一天,在事發地點設法逃過死劫。

可是,爺爺故事中的高中生和素曇還有另一個不同之處,那就是當事人知不知道自己即將死去。爺爺向高中生本人坦承了即將到來的死訊,但是我並沒有告訴素曇。假如這部分也左右了那名學生的命運……那我呢?我也逃不過死亡嗎?

「始甫?始甫!」

「啊,是!怎麼了?」

「你一個人在自言自語什麼?要在這裡轉車了。」

「組長,我沒說錯吧?始甫哥只要一想事情就什麼都聽不見。」

「啊哈哈……我老毛病又犯了嗎？對不起。」

閔組長觀察我的臉色，小心翼翼地問道：

「你在想什麼？是想起什麼事了嗎？」

「喔，沒有，我只是……。不過為什麼要在這裡轉車？警察廳不是在鐘路嗎？」

「我和他約好在首爾站見面，快走吧。」

閔組長走進首爾車站附近的一棟大樓，過沒多久就回來與我們會合。我和素曇勸他坐下來討論，他卻著急地想走，我們只好離開了咖啡廳。

我們搭計程車到了千戶洞之後，我便打電話給老爸的朋友，很快地聽到附近的公寓大門打開的聲音。

「您好，請問是柳完久叔叔嗎？」

「你就是始甫？哇啊，好久不見，你都長這麼大啦。應該不認得我了吧？」

「我認得，看見您的臉我就想起來了。您過得好嗎？」

「上次見面你還在讀國中。哇，真的長大很多。你爸還好嗎？」

「是，他很好。喔，這位是姜素曇，這位是閔組……」

「您好，我叫閔宇直。」

「我聽鐘植說了，你是始甫一起準備考試的大哥，但年紀有點……」

「哈哈，我太晚才準備考試，所以……。哈哈。」

閔組長搔著頭不好意思地笑。

「哎呦，不好意思，我說話太失禮了。」

「不會，沒關係的，哈哈。」

「聽說這位小姐是你的女朋友？你爸要我特別照顧她。哈哈哈。」

老爸的朋友說完豪爽大笑。

「啊？那個……。」

「真的嗎？伯父這樣說嗎？」

「妳叫他伯父？哎呀，感情這麼好啊？鐘植這傢伙哪來的福氣，已經有這麼漂亮的媳婦……哈哈哈，我太多嘴了吧，哈哈哈。」

「啊哈哈哈，媳婦，哈哈。」

我心想老爸真是管不住自己的嘴，但同時又心中暗喜。見我還在咧著嘴傻笑，閔組長於是代替我開口問道：

「先生，請問我們該去哪裡呢？」

「唉喲喂，看我聊到都忘了。往這裡走，正好頂樓的屋塔房*2空著沒租出去，你們就住那吧。你們打算待多久？」

「等考試院施工結束就會走了，差不多三、四天。」

「好，我知道了，就把這當自己家別客氣。我住在這裡的三樓，有什麼事隨時告訴我。你們快上去休息吧。」

「謝謝。」

「哈哈，快上去吧。」

我們到了頂樓，見到外頭放了張寬敞的涼床，後方就是屋塔房。閔組長與素曇坐在涼床上張望著四周環境。屋塔房的格局是一廳兩房，空間雖小但室內整理得十分雅緻，從這裡往外看就是千戶大橋，也能眺望遠方的漢江。

陽光西斜，紅霞耀眼。我坐在素曇身邊，靜靜地欣賞漸漸染紅的晚霞，閔組長則是面向晚霞，專注地在筆記本上寫著什麼。

我和素曇聊了一下就開始打掃屋塔房。打掃完之後便各自回房小睡。過了一段時間，當我翻身睜開眼時，看見閔組長正趴著看剛才在寫的筆記本。窗外夜幕低垂，已經是晚上八點多。

「組長，晚餐要吃什麼？」

「始甫，現在起不要叫我組長，放輕鬆喊閔前輩或宇直哥就好。」

＊2：於房屋頂樓加蓋的小房。

「那麼組……不，大哥對我說話也不用太客氣，這樣我才能放鬆。」

「是嗎？好吧，那我就隨意一些。」

「好的，大哥，哈哈……。那個，你還記得那天在素雲爸爸的計程車上發生的事嗎？」

「其實……我不太記得自己是什麼時候上的車，又是怎麼會坐上那輛車。那天是聚餐的日子，我可能喝醉了他們才送我先上了計程車。等我回過神一看，已經到了我家附近。我和計程車司機……也就是素雲小姐的父親起了爭執……。」

「然後呢？我們看了行車記錄器的影片也有聽到聲音，不過素雲說有點奇怪。」

「哪裡怪？」

「素雲說她爸和平常不一樣。她爸是模範司機，不愛與人起衝突，待客也向來親切。可是那天他的行徑和往常完全相反。」

「是嗎？我那天喝醉了記不太清楚。這麼說來，確實有點怪。因為一些不重要的小事就故意出言挑釁，好像是在故意惹我生氣。現在回想起來，好像真的是那樣……。」

叩叩。

這時傳來敲門聲。

「啊，請進！」

門打了開來，素雲從門縫探出頭。

「妳醒了啊？累壞了吧？」

「我不小心睡著了。你們在聊什麼？」

「素曇，閔組長……不對，宇直大哥要我們不要拘束，可以叫他大哥，他也會輕鬆一點對我們。素曇妳也叫他宇直哥……這樣是不是有點怪？」

「怎麼心情突然有點差，哈哈。也是，妳叫我宇直哥的確有點怪，啊哈哈。」

「叫始甫哥還可以，可是叫組長宇直哥……好像有點……那個……。」

「對啊，素曇小姐叫我哥好像有點……。」

閔組長聽了我的話，歪著頭說道：

「哈哈，既然始甫是叫我大哥，那妳叫我叔叔怎麼樣？」

閔組長尷尬笑著說道。

「宇直叔叔？好啊，不知道能不能習慣……。」

「好！就叫我叔叔吧，哈哈。以後就這樣叫我。」

叩叩叩。

「嗯？等一下，我出去看看。」

外頭玄關門突然傳來的敲門聲打斷了我們的對話。我走了出去，擔心會有什麼萬一，我盡可能地放慢腳步。

叩叩！

「裡面沒人嗎？」

「喔喔，有的！請等一下。」

喀啷，嗶。

「你們在啊？怎麼樣？還滿意嗎？」

「是的，這裡很舒適，非常感謝您。」

「那就好。晚餐打算怎麼解決？」

「我們正在想……。」

「是嗎？那下來一塊吃吧。」

「什麼？不用了，連晚餐都打擾您，太不好意思了……。」

「有什麼好不好意思的？我朋友的兒子就是我兒子，我兒子的朋友也是我兒子。廢話少說，下來一起吃飯，知道嗎？」

「喔……好的，那就打擾您了……。」

「打擾什麼？快下來。」

「好的！我們馬上下去。」

多虧完久叔叔，我們圍坐在溫暖的飯桌旁安心吃了晚飯。吃飽收拾完之後，我們再次回到頂樓，躺在涼床上欣賞著夜空，享受短暫的愜意時光。閔組長對我們轉述了他先前在首爾站和朋友的對話。

「承哲！謝謝你來見我。」

「喂！搞什麼鬼？你怎麼這副落魄樣。」

「抱歉，讓你看到這副德性。」

「算了，拿去吧。我能幫你的也只有這些了。」

「什麼？喔，不用不用！我沒事啦！」

「什麼沒事？你這個被通緝的傢伙。快拿去！不要用你的信用卡，刷這張。到底是怎麼了？會出這種事真不像你。」

「喔，那是因為……我早該戒掉那該死的酒……。無論如何，謝了。我拜託你的事打聽得怎樣？」

「嗯，我查了一下，和高南錫相似的名字太多了，我在想是不是有人冒充退休的高南錫？」

「是啊，我也是這麼想。你看過我傳的影片了嗎？」

「嗯，和我想的一樣。影片有被竄改過了，剪輯的手法相當巧妙。手背上的疤應該是刀傷，看起來像是用鋒利的生魚片刀……」

「生魚片刀？不過你確定那是傷疤，對吧？」

「嗯，沒錯，但除此之外沒找到有什麼特別的疑點。這影片做得天衣無縫，對方是個高手。」

「這樣啊……。金刑警那邊查得怎樣了？」

「我查了一下，最近……不，不只最近。他從以前就常和蔡系長通電話，可能是為了公事，不過這樣看來，金範鎮刑警和蔡非盧系長的關係應該很好？」

「是啊，他們兩個最近也很常聯絡吧？」

「對，我仔細查了最近六個月的通聯記錄，他最常打給蔡非盧系長，之後有一個月則是多次打給一個叫李真成的人，打了非常多通……。」

「什麼？李真成？」

「怎麼了？你認識？」

「當然認識，他們說是我殺了他……。」

「什麼？」

「……。」

「喂！少開這種玩笑，臭小子，害我嚇一跳。」

「承哲，你還沒看過我的案子吧？他們說我殺了李真成，現在警方通緝我的罪名之一，就是我涉嫌殺害李真成。」

「真的假的？我忙著查你拜託我的事……」

「金刑警是什麼時候和李真成通電話？」

「大約一個月前開始的。」

「這樣啊，一個月……」

「喂，那這樣金範鎮刑警應該知道些什麼。」

「是啊，那是一定的。或者就是他把我變成了殺人犯，顯而易見。」

「那蔡非盧系長也牽涉其中嗎？」

「不無可能。他們在銅雀時就很要好……。何止要好，蔡非盧和金範鎮這兩個人根本是天生絕配。」

「看來得好好調查一下他們了，也許能查出什麼？怎樣，要我幫你嗎？」

「你願意這麼說我已經很感激了。你也很忙，要是出了差錯可是會遭殃的。我自己看著辦。」

「你這傢伙，是在擔心我嗎？別擔心。蔡非盧那邊我負責。蔡非盧系長在警察廳可是茶餘飯後八卦的熱門人物。你就負責去打聽那個金刑警。」

「那就謝了……。真的很謝謝你，承哲。你是我最好的朋友。」

「夠了喔，兩個大男人還肉麻兮兮……我雞皮疙瘩都起來了，噁。啊，順道一提，他的存摺很乾淨，沒查出東西，也許用了匿名帳戶吧，我會順便查一下蔡非盧那邊，搞不好能找到什麼。」

「承哲，你要小心。蔡非盧和金範鎮都不是好惹的，他們很快就會察覺你在幫我，千萬別……」

「喂喂！你以為我在警察廳是整天混吃等死嗎？少擔心我，顧好你自己就好。現在被警察追捕的是你，我才要擔心你勒。」

「喂！我可是身經百戰的重案組老鳥，少擔心，哈哈。」

「死要面子。哈哈，知道了。都說人有失手，馬有亂蹄，務必要時時提高警覺，有事就用這支手機打給我。」

「哇喔，是送我的嗎？」

「呿，拿免錢的這麼開心啊？喂，要記得好好吃飯，知道嗎？有事打給我。」

「承哲，謝了。」

「謝什麼？少囉嗦，自己小心。」

雖然早有預期這不是普通的案件，但聽了這段對話，感覺就像是被人狠狠地重擊了頭部一般。李真成與金範鎮刑警彼此早就認識，而蔡非盧系長也牽涉其中，從屍體眼中看見的人真的和案件有關，難道我能看到凶手？

問題是負責這些命案的組長就是蔡非盧。身為主嫌的他卻全權負責這起案件……。閔組長與素曇也面露憂色。

我試圖轉換氣氛，刻意用開朗的語氣說道：

「快去梳洗，準備睡覺吧。」

「喔？好啊。素曇先去吧。」

「不用了，組長……啊，叔叔你先洗。」

「哈哈，好，那我先去洗。」

「大哥，要不要跟我一起洗。」

「你喊大哥喊得很順口喔，我都還覺得有點尷尬。」

「會嗎？你看起來不尷尬啊，哈哈。多叫幾次大哥以後變得順口多了。」

「好，快去洗吧。素曇還在等我們。」

「是，大哥！」

我到房裡拿了內衣後跑向浴室。會提議一起洗澡，的確是因為和閔組長變得親近許多，而另一方面則是我想與他從長計議關於接下來的規劃。

「大哥，你之後有什麼打算？」

「嗯……。我還在想，不知道該從哪著手才好……。我擔心冒然追查金範鎮刑警，不知道還會牽扯出什麼樣的問題。如果這些事不是他自己做的，那麼他一定得和某人碰頭，要知道他們見面的時間地點才好追查。沒時間了……好像只能正面對決了。」

「正面對決？要怎麼做？」

「我想過了，直接和金刑警見面親自問他也是個好辦法，還能順便探一下蔡非盧的底。」

「拜託，他有可能會乖乖告訴你嗎？」

「想辦法讓他自己開口啊，這可是我的工作。」

「喔？大哥有獨門絕招嗎？」

「絕招當然有，可惜是非法的，哈哈，不能透露給你知道。始甫，在那之前，我還有事要辦。從明天起我會單獨行動，你們兩個在這裡等，知道嗎？」

「為什麼，要就一起……」

「如果一起行動跟蹤時會很顯眼，而且很難快速移動。單獨行動跟蹤起來才方便……而且也更安全。再說了，帶著你們兩個我也會很累，哈哈哈。在我回來之前，有些事要交給你們兩個去做，詳細內容我明天再說明。」

「這樣啊？嗯，那也沒辦法，我知道了，大哥。」

我用水嘩啦嘩啦地洗了臉，忽然「啊！」地看向閔組長，說道：

「還有剛才說的，素曇的爸爸……。」

「喔，對！你是怕素曇聽見會難過才要趁她不在時問嗎？」

「有部分是因為這樣沒錯，另外也怕你在她面前不好開口，素曇直接聽你說可能也會不舒服。所以我先聽了再告訴素曇，好像會比較好？」

「也對。剛才說到哪裡了？喔，那天我也覺得有點奇怪，我不是那麼容易喝醉的人，但是那天醉得特別快，素曇的父親也沒必要發那麼大的脾氣……。素曇說他原本不是那樣的人，對嗎？」

「對，素曇是這樣說沒錯……。」

「什麼意思？難道他平常也是那樣嗎？還是你不相信素曇？」

「不是的……。長時間開車容易變得暴躁，要是他開了一整天的車，我想也會有影響吧。」

「有可能，而且我那時候喝醉了，說話很衝……。總之，事情就變成那樣了。」

「你還記得有什麼特別的事嗎？」

「特別……啊，我和他對到眼的時候，他看起來有些不安，眼神閃爍。當時我覺得是因為他瞧不起我，現在回想起來的確是有點怪。除此之外就沒了，我喝太醉了，其他的事都不記得。」

「看起來不安……。」

載著乘客的計程車裡為什麼會需要感到不安？在閔組長上車之前發生過什麼事嗎？

我走出浴室，閔組長進房後拿出筆記本開始寫東西。我走到素曇的房門前呼喚，想告訴她浴室可以用了，房裡卻沒有傳來任何動靜。我放輕動作推開門，探了頭一看，只見素曇開著燈睡了，應該是打算稍微躺一下卻不小心睡著。

我關掉素曇房間與客廳的燈後回到房間，這時閔組長早就打好地鋪躺在上頭，專注地讀著筆記本。

「大哥，那是什麼筆記本？我看你常常在上面寫東西。」

「案件筆記，只要發生案件，我都會像這樣用自己的方式整理。把每個細節都寫下來，有可能會從裡頭找到忘記或錯過的線索。這是我剛被調到重案組時，一開始帶我的刑警前輩教我的。起先我是按照前輩教我的方式記錄，後來我經驗多了，就有了自己的記錄方式。」

「這次的案件也都整理下來了？」

「當然。」

「哇啊，好帥，真的是刑警耶！」

「什麼？難道我之前不是嗎？」

「啊……。我沒那個意思喔，哈哈哈。」

「哈哈，這個方法我也教了延佑……。延佑真的很有才華。啊，對了！要是能找到延佑的案件筆記，說不定會發現一些蛛絲馬跡，我怎麼會現在才想到！」

「如果有筆記本的話，警方會不會早就發現，然後保管起來了？」

「那樣更好！」

第13話 設陷

「為什麼被警方保管反而更好？」

「因為筆記本可能已經交還給家屬了。」

「喔，也是。不過金範鎮刑警應該知道李延佑警衛會寫案件筆記吧？」

「即使知道，他也不能明白筆記的意義，也不會當作是重要證據。我和另一名前輩在帶他的時候，想教他這種記錄方式，但他無心學習，說不懂幹嘛要記錄這麼瑣碎的事情，後來我就不再要求他了。他大概壓根不記得這件事。」

「那明天要去李延佑警衛家看看嗎？」

「要。又多了一件要做的事，看來得早起了。快睡吧。」

我猶豫了一下，小心翼翼地開口問道：

「那個……大哥，能向你請教寫案件紀錄的方法嗎？」

「喔齁，你決定要當警察了？」

「不，不是教我……是教素曇。」

「對喔，素曇說她在準備考警察公務員。嘿，這麼快就在替她著想啦？知道了，有機會我會教她的。你這小子，看來是個談戀愛高手啊。哈哈。」

「嘿嘿，謝謝。你一定很累了，快睡吧。」

看來明天也是忙碌的一天。不叫醒素曇沒關係嗎？她肯定很累，沒能好好照顧她，我內心感到歉疚。即使閉上眼，腦海裡仍盤旋著她的事，就這樣漸漸進入了夢鄉。

感覺我只是短暫闔了下眼，誰知睜眼時天都亮了。我們吃完早餐後，圍坐在客廳討論接下來的計畫。閔組長用筆記本詳細寫下我和素曇的任務說明。他要我們去李延佑警衛家找案件筆記與其他可能的線索。閔組長表示自己會去另一個地方，看能不能循其他途徑找到李延佑警衛的案件筆記。在離開屋塔房之前，他將從朋友那裡收下的折疊式手機號碼給了我們，並囑咐我們避免用手機，盡可能用公共電話聯絡。

素曇似乎很緊張，在前往李延佑警衛家的路上始終一言不發。

在執行閔組長交辦的任務之前，我們先到了附近的小公園做最後的演練。我們清了清嗓子，重新走一次早上練習過的流程。我擦了擦手汗，從口袋掏出手機。除了案件筆記之外，閔組長還交代了另一項重要任務。

「哇，始甫！天哪，你竟然會自己先打給我。」

「金刑警你好。」

「有什麼事？終於開始有點擔心了嗎？」

「啊，對。所以我才打給你。」

「喔？真的嗎？很好。你現在人在哪裡？」

「我正在回家路上，啊，我說的是水原的爸媽家。」

「你有和閔宇直在一起嗎？」

「沒有，要是和他在一起就不能打給你了。老實跟你說吧，這段時間我一直和閔組長在一起，我被他騙了。」

「你們一直在一起？我就知道。」

「就像你說的，電視新聞報導了通緝的消息，我也是看了之後才知道他就是凶手。金刑警，很抱歉一直沒相信你。」

「不會啦，沒關係。你會懷疑也是情有可原。謝謝你打給我。」

「很感謝你的體諒，但是……閔組長好像察覺到我發現真相，昨天出去之後就消失了。」

「是嗎？唉……那也沒辦法。不過你還是口口聲聲喊他組長啊。」

「啊……叫慣了……。抱歉，那要叫他什麼……」

「算了，隨便你。所以閔宇直騙了你什麼？」

「他說自己不是凶手，是被陷害背了黑鍋。還說你才是真正的犯人……不會吧？閔宇直那個人又在撒謊，對吧？」

「什麼？喔，對，沒錯！閔宇直那傢伙真是……滿口謊言。你也知道他殺了多少人吧？」

「喔……原來如此。真是個可怕的人。」

「是啊！他就是個可怕的傢伙。但是……他還有說什麼嗎？」

「啊？啊……那個人叫什麼名字來著？蔡非……非什麼……」

「蔡非盧？」

「喔！對。是蔡非盧刑警嗎？反正，他說那個蔡非盧和你串通好陷害他，這也是他亂講的吧？」

「……。」

「金刑警，他在說謊對嗎？……金刑警？」

「什麼？喔，對。閔組長這樣說嗎？他還……還說了什麼？」

「還有……算了，沒事。他不是直接對我說的，可能是我聽錯……。」

「沒關係，我會自己判斷。你說。」

「這樣啊……就是說……。我無意中聽到他講電話，好像有提到你。」

「他和誰通電話？」

「我沒聽清楚，但他一開始很生氣地跟對方說『你和金刑警怎麼能這樣對我！』……會不會是你認識的人？」

「是嗎？嗯……他還說了什麼？」

「他請對方救他，說有辦法……。還說如果讓你代替他頂罪怎麼樣。」

「什麼？他想把我弄成犯人？真的嗎？你沒聽錯？」

「對，雖然我沒聽得很清楚，但大致上是這麼說的。」

「真的嗎？不是你編的吧？始甫！要是你撒謊……」

「我沒有，我就是怕你會這樣想才不打算說的……。抱歉，你就當沒聽見吧。反正又不是他想就能隨便陷害你。」

「喔喔，好。我有點太激動了。始甫，聽好了，現在這個世道啊，表面看似風平浪靜，實際上背地裡隱藏著許多驚人的事……不，該說可怕嗎？我的意思就是，這世上有許多駭人聽聞的事！你還年輕大概不懂，要好好記住我說的話。還有其他事嗎？」

「沒有了。我現在該怎麼辦？」

「什麼怎麼辦？假如閔宇直有聯絡或去找你，就立刻告訴我。」

「好的，可是要是被閔宇直發現他不會放過我的，我會不會有危險？」

「嗯……也是，的確有可能。以防萬一，我派警察貼身保護你。」

「那不行。要是他知道有警察就更危險了，閔宇直刑警的警覺性很高，不行。」

「會嗎？也是，閔宇直那傢伙很機警。」

「我還是待在我爸媽家吧，可以嗎？」

「嗯……就這麼辦吧，你在你爸媽家躲好。」

「請一定要抓住閔宇直。」

「好，我會的，別擔心。」

「那先這樣。」

抓著手機的手心全濕，滿頭冒冷汗。素曇在一旁不安地聽著對話，直到掛斷電話後她才喘了一口長氣。儘管我和金刑警講電話同時看著閔組長寫的劇本，但還是很緊張。

即使早上已經演練過幾次，真的要執行時腦子卻變得一片空白。幸好一切都按照劇本安排的發展才能順利結束。為什麼閔組長能預測到我們的對話？難道金刑警其實頭腦簡單很好猜嗎？

「呼，不知道他會不會上當。」

「是啊，都按照組長教的做了，不知道能不能順利……。」

「會的，始甫哥，希望這次也能順利過關。」

在對各種突發情況都做了充足的演練後，便動身走向大樓。我們抵達李警衛家門前，再次調整好呼吸，按下門鈴。

叮咚、叮咚。

「有人在嗎？」

我正想再按一次門鈴時，屋內傳來了一陣腳步聲。

「請問是哪位？」

「您好，我們是警察，方便聊一下嗎？」

「警察？請問有什麼事嗎？」

「是這樣的，有些關於李延佑警衛的事想請教。」

「我丈夫的事，我已經把知道的都告訴你們了。」

「是的，但有幾件其他的事想再向您確認。」

「請不用擔心，可以先幫我們開門嗎？有看到嗎？我們是警察。」

素曇對著對講機的鏡頭亮出警徽。

「好的，請等一下。」

滴哩哩！

玄關門打了開來，我們見到了李警衛的太太。

「請進。」

「抱歉，打擾了。我們想再次對李延佑警衛的事表達悼念之意。」

「謝謝。這次又有什麼事呢……？」

「李警衛的遺物有需要確認的東西，方便看一下他的書房或房間嗎？」

「上次你們都確認過了，怎麼又要看？到底是什麼事？」

「很抱歉給您添麻煩。上次確認時有缺漏，需要進一步調查，所以才厚著臉皮再次打擾您。」

「是嗎？他沒有書房，隨身物品都放在客廳與主臥室，我還沒動手整理……都沒動過。」

「啊……好的，李太太，您一定很難受，謝謝您的諒解。那麼打擾了。」

「打擾了。南刑警，我負責確認主臥室。」

「什麼？喔……好的，那我從客廳開始。」

雖然練習過了，但一聽到素雲稱呼我南刑警，反應還是慢半拍。

「兩位刑警需要喝點什麼嗎？」

「喔，不用了，您不用忙。我們儘速確認後馬上離開。」

「那辛苦兩位了，我會待在孩子的房間，有需要再告訴我。」

「好的，謝謝。好了，姜刑警，快開始確認吧。」

「是，南刑警。」

我先查看了客廳的桌子，沒有找到像是案件筆記的筆記本，我翻遍各處試圖尋找可能有幫助的東西卻一無所獲。另一頭，素曇也在臥房四周仔細搜查，然而也沒發現與案件有關的線索。

為了查看其他地方，我去了李延佑警衛太太所在的兒童房。

叩叩！

「不好意思……打擾了，請問您先生有另外保管重要物品的地方嗎？」

「重要物品？嗯……警察上次來的時候我也有說過，不是在客廳就是在主臥室，沒有別的地方了。」

「這樣啊，這裡只有主臥室和兒童房嗎？」

「不，還有一間衣帽間。」

「方便去衣帽間看一下嗎？」

「請。」

李太太走到對面的房間，指著衣架上方。

「我先生的衣服放在上面。」

「抱歉，我能看一下嗎？」

「可以。」

在我翻看衣服時，素曇走進衣帽間問道：

「李太太，不好意思，我能看一下孩子的房間嗎？」

「孩子的房間？是沒關係……不過房裡沒什麼東西。」

「只是以防萬一，那麼我進去確認一下。」

「好的。」

不管我如何翻找，都沒有與案件有關的東西。這時候，到兒童房查看的素雲著急地呼喚我：

「那個，始甫哥……啊，始甫刑警！在這裡！」

「姜刑警妳找到了嗎？」

「請你過來一下。」

素雲手上拿著一幅孩子的畫，李太太歪著頭訝異地看著她。我走近時，素雲不動聲色地給我看了畫的背面。

「喔……。」

背面寫有英文字母與數字組成的單詞，和我在閔組長的案件筆記上看到的很像。

「兩位刑警，這畫裡有什麼嗎？」

「李太太，我方便帶走這幅畫嗎？」

「這不過是孩子畫的畫……」

「除了這幅，還有別的畫可以讓我們看看嗎？」

「請等等，孩子的畫應該都收在一起。」

李太太說著同時環顧房間。

「姜刑警，妳是怎麼找到的？」

「因為畫得很可愛我稍微看了一下，哪知道字跡透了出來。」

「看來是孩子在紙的反面畫畫。」

「這幅畫放在外面，應該是最近才畫的。」

李太太拿出一個大盒子說道：

「這裡。這些是我家孩子畫的畫。我先生會從公司帶回用過的回收紙，讓孩子在背面畫畫。家裡還有剩下的紙。」

「公司？」

「是的，他都說警局是公司……兩位不知道嗎？」

「喔，不是的，當然知道，當然了。」

「當然知道，只是怕您說的是別的公司。」

李太太露出懷疑的眼神，幸虧有素曇臨機應變才讓她放下疑心。

「不是，我說的就是銅雀警局。」

「那我先確認一下。快找找看，南刑警。」

李太太一走出兒童房，我不由自主地大嘆了一口氣說道：

「呼，原來會說警局是公司啊？」

「好險，差一點就穿幫了。快找找看。」

我們仔細查看了畫背面的文字，大部分的紙張都是關於警局投訴或新聞報導的資料。除了素曇一開始發現的那張紙，沒有找到其他與案件有關的東西。

我們整理好畫，放回盒子裡，正要走出兒童房時，我看見素描本中間露出了一張小紙片。以防萬一，我打開素描本一看，裡頭夾著另外兩張回收紙，上頭還沒有被畫過，背面寫著和第一次發現的紙上相似的單詞。

我們拿走這三張寫著暗號般單詞的紙，正準備走出大門時，李太太突然叫住我們。

「不好意思，兩位刑警能用拍照的，把畫留下來嗎？」

「南刑警，我們拍照片回去如何？把畫還給李太太。不過沒畫過的這兩張，我們要拿走，可以嗎？」

「好的，很謝謝兩位。」

「客氣了，我們才要謝謝您。」

我盡可能拍下所有細節，包括整幅畫的背面與局部放大的照片，以免遺漏任何線索。在一旁看著的李太太壓低聲音，小心翼翼地問道：

「還沒找到閔組長嗎？」

「是的，目前還……」

「真不敢相信，閔組長居然做出這種事……。」

「喔，是啊……。沒錯。」

「不好意思……李太太，請問您知道些什麼嗎？」

素曇站上前問道。

「沒有，我不知道……。只是閔宇直組長就像我們的家人一樣，孩子每年生日他都會準備禮物。無論發生好事或壞事，他都一直在我們身邊。可是他卻對延佑……」

「啊……。其實……」

「南刑警！打擾人家太久了……我們該走了。」

「什麼？喔，好的！該走了。」

我很想替閔組長說幾句話，但被素曇打斷沒能說完。

「兩位剛才是說從哪裡的警局來的？」

「啊，我們還沒說，哈哈，那個……」

正當我遲疑著應該講哪個單位，素曇上前回答：

「我們是首爾地方警察廳情報科的。」

「兩位辛苦了，請儘快抓到凶手。我們到現在還沒能舉行葬禮，我還是覺得閔組長不會做出這種事。請一定要抓到凶手……拜託了……嗚嗚。抱歉，兩位應該很忙，慢走。」

「謝謝您，請保重。」

「兩位也是，辛苦了。」

向李太太道別後，我們在電梯裡什麼話都說不出口。直到電梯停在一樓門打了開來，我們這才不約而同地長嘆了一口氣，走出大樓。

「始甫哥，你剛才是想跟她說閔組長不是凶手吧？」

「對，妳怎麼知道？」

「你看起來就是準備這樣說，所以我才打斷你的。要是她反問你凶手不是組長，那是誰的話，你要怎麼辦？你要說是金刑警嗎？」

「當然不會這樣回答，只要跟她說還在調查就行了。」

「就算如此，她肯定也有認識其他警察，可能會打電話詢問調查的狀況，那真正的警察不就知道我們來過這裡。你怎麼會沒想到呢？」

「可是李太太也認為閔組長不是凶手，現在……好吧，妳說得都對，我差點就闖禍了，真的是……好啦都是我差點搞砸整件事，呵！」

「始甫哥，你在鬧脾氣嗎？做錯事就大方承認做錯了，沒人會計較好嗎？真是夠了。」

「啊？妳說什麼？呼……算了，別說了。趕快聯絡閔組長見面。他肯定會知道A4紙上寫的是什麼意思。」

素曇的每句話都讓我煩躁，身處在如此狀況之中，讓素曇和我都變得越來越敏感。

我們一走出大樓便立刻尋找公共電話，幸好在離大馬路不遠的地方就有公共電話亭，趕忙打了電話給閔組長。

「喂？」

「大哥，是我，始甫。」

「喔，始甫啊，事情順利嗎？」

「對，但是你聲音怎麼這麼小？聽不太清楚。」

「喔……抱歉，等一下，我現在……」

「大哥？你在忙嗎？」

「……不，我正要走出來。有找到什麼嗎？有打給金刑警了吧？」

「有，我按照你交代的做了，這個方法行得通嗎？」

「這要看老天的意思了。李警衛的家裡呢？沒收穫？」

「不，我們有找到東西，不過不是案件筆記。」

「是嗎？那是什麼？」

「他在A4紙上寫了一些用英文和數字組合的單詞，不是完整的句子，像隨手塗鴉，不知道是什麼意思。看起來和大哥你的案件筆記寫的內容很像，上面還有金刑警的名字。我覺得應該要給你看一下。」

「知道了，你們先回千戶洞，我還有事要處理，結束後我會立刻回去。回去再聊。」

「不，現在更重要的是……」

「先這樣。」

嘟、嘟。

閔組長急忙拋下一句話就掛斷了電話。

「怎麼了？有什麼事嗎？」

「沒有。但他好像很忙，說回千戶洞再說。」

為了緩和氣氛，我堆起笑臉問道：

「素曇，妳會餓嗎？」

「我太緊張了，一點都不覺得餓。」

「看來妳真的很緊張，現在幾點……午飯時間都過了，我們就在附近吃點東西吧？去那家醒酒湯店怎麼樣？」

「始甫哥，我不會餓，而且還得回家拿衣服和一些需要的東西，你去吃吧，晚點在千戶洞會合，可以吧？」

「什麼？要就一起行動啊，飯回千戶再吃也行。一起走吧，妳一個人行動很危險。」

「我會小心的，沒關係。」

「不行，我不想吃飯了。快走吧。」

「我真的沒關係……。始甫哥，你不是餓了嗎？」

察覺到素曇想避開我，不禁語氣也變得強硬。

「要我說幾次！我不餓啊。」

「始甫哥！你又怎麼了？太愛生氣了吧？」

「我哪有……。是妳才幹嘛那麼敏感？」

「我什麼時候敏感了？你幹嘛從剛才就跟我計較？明明都是小事……」

「計較？素曇！妳說夠了沒？」

「幹嘛吼我？始甫哥，你真的是……」

「我怎樣？」

「真的很讓我失望，我們各走各的吧。我要回家，你不要跟過來。」

「妳說什麼？好，不跟就不跟，誰稀罕。隨便妳幹嘛！我不管了！」

素曇轉身快步離開，雖然我覺得自己的確說得太過分，但聽到她說話帶刺，我也忍不住燃起怒火。我不過是擔心她自己一個人會有危險，她有必要倔成這樣，把事情鬧大嗎……？

素曇頭也不回地走遠了。

我走進店裡點了一份醒酒湯，把湯喝得精光。原以為自己吃得開心，肚子卻撐到像是消化不良。

我走出醒酒湯店打給素曇時，她不知道是為了什麼居然關機。不會是故意的吧？我惴惴不安地上了計程車前往素曇的住處。在車上我又打了一次電話，回應我的依舊只有「您撥的電話未開機」的語音訊息，不會出了什麼事吧？我一路胡思亂想，心神不寧。

我提前一個街區下車，幸好警察看起來沒有埋伏在素曇住處。我在她住處門口又打了一次電話，這次手機開機了，但沒人接。我鬆了一口氣，同時又覺得素曇故意關機未免太無情。

既然是故意不接電話，不知道我上樓她還會不會替我開門。但是我必須親眼確認她平安無事才能放心，而且重要的A4紙線索還在她的手上，我不得不邁開腳步。

我站在素曇住處的大門口猶豫不決，好不容易下定決心，正要按門鈴時，原先沒動靜的門突然打開來。我嚇了一跳，趕緊躲到門後。

「啊啊！」

「呃啊！你站在這裡多久了？嚇到我了啦。」

「呼，我才被嚇到好嘛。」

「你幹嘛躲在那裡不按門鈴？」

「我哪有躲，我是閃到門後……。不，我正打算要按門鈴，門就忽然打開了……。妳換衣服了啊，還洗了頭？」

不知道是不是因為覺得吵到分頭走，刻意不理對方很丟臉，我吐出一大堆不著邊際的話。

「對，我洗了澡，還換了衣服。怎樣？你幹嘛來這裡？」

「喔……，不是啊，妳為什麼要關機？」

「手機沒電自己關機了啦，我回到家才充電。」

「這樣喔，那妳剛才為什麼不快點接電話？」

「你打來的時候我在洗澡。我有看到未接來電，但是……。我只是沒回撥，怎樣？」

素曇不高興地說道，好像還是沒消氣。

「沒什麼，我……知道了，沒事就好，我還以為……」

「以為什麼？幹嘛話講一半。」

「我很擔心，以為又發生什麼事。」

「你擔心？」

「對啊，都聯絡不上，怎麼可能不擔心？」

「哼，剛才還對我發火，鬧脾氣。」

「我……唉，妳不餓嗎？」

「嗯，我真的不餓，剛才只是想快點回來洗澡。千戶那裡你們兩個男人在，我不方便洗。我也得回來替手機充電，帶一點生活必需品過去。」

聽了素曇的話，我才總算釋懷，也對自己沒多體諒她，沒注意到她的需求而感到歉疚。任何人住在不舒服的環境裡，都會神經緊繃的……。我還對她發脾氣，羞愧到臉頰像火燒般熱辣。

我們走到了公車站，素曇依然板著臉。我不斷偷瞄她，苦思著該怎麼安撫她才好，然而素曇連看都不看我一眼。

這時候，素曇的手機鈴聲響起，她看了看手機，將手機畫面顯示的號碼給我看，說道：

「是警局，怎麼辦？要接嗎？」

「不，先別接。要是又打來再接。」

正好公車進站，我們上車並走到最後一排座位坐下後，素曇的手機再度響起，這次她立即按下通話鍵。我將耳朵湊近想一起聽通話內容。

「喂？」

「妳好，我是銅雀警局的安敏浩刑警。」

「喔，你好，有什麼事嗎？」

「請問是姜素曇小姐嗎？」

「我是，怎麼了？」

「我打來是因為妳父親的事，想請妳來局裡作證。」

「作證？」

「對，我之前有試圖聯絡妳幾次，也去過妳家，但都沒人在。妳很忙嗎？」

「喔……不是的，我不接陌生來電，而且最近手機電量掉得很快。」

「啊，了解了。那妳什麼時候方便來一趟？如果能儘快過來就太好了。」

「不好意思，我可以確認一下我的行程再回電嗎？」

「喔……行程啊……。那麼請打這支電話，我馬上就會外出，可以的話請立刻回電。」

「喔，好的，知道了。」

「謝謝。」

素曇掛斷電話後，緊張地看著我說道：

「始甫哥，你有聽到嗎？他要我去警局，怎麼辦？我要說明天再去，還是現在就去比較好？」

「我覺得應該先問組長……。我們在地鐵站下車，找公共電話打給他之後再決定。」

「但他要我立刻回電……。」

「喔……對耶。」

因為這通意外的來電，我們陷入了沉默。

「始甫哥，要不要現在去？」

「什麼？沒問題嗎？」

「我覺得快點去了解怎麼回事也不錯，只是當證人的話不會有什麼問題吧。」

「誰知道呢，搞不好會藉機問妳組長的下落……。要是因為警方的誘導說溜了嘴，妳的處境也會變得危險。」

「警察怎麼可能故意誘導我？我也沒東西好說溜……」

「很難說。還是先問組長吧。」

「喔！又打來了。」

「先在這裡下車吧。」

「啊，好，那我不接了。」

「喔……好，我們下車吧。」

因為在離地鐵站售票處很遠的地方下了車，找不到公共電話亭，最終只能向附近的站務人員借手機。也許因為看到是陌生號碼，閔組長沒接電話。我掛斷之後，傳了封訊息過去，他就回撥了。

「始甫！這是誰的電話？」

「我向地鐵站務員借的。這個不重要。警察打給素曇，要她去銅雀警局處理她父親的案子。」

「是嗎？嗯……跟警察說明天早上再過去，細節我們回去再談。」

「喔，好的，知道了。你現在在哪……」

「回去再說，先這樣。」

嘟、嘟、嘟。

閔組長這次也匆忙掛斷，留下我呆看著通話結束的畫面。怕有什麼萬一，我刪除了通話與簡訊紀錄。

「讓您久等了，還給您，謝謝。」

「不客氣。」

站務員走了之後，我轉述了閔組長的話。

「素曇，閔組長要妳明天早上再去。」

「喔，好的。」

素曇拿出手機回撥給銅雀警局，但接電話的警察說安敏浩刑警不在，會代為轉告。

我們搭地鐵回到了千戶洞。在返回頂樓住處之前，先去市場買了晚上與明早要吃的食材。前往市場的路上人來人往，我擔心可能會和素曇走散，於是牽起她的手。突如其來的動作雖然讓她有些吃驚，卻也隨即理解用意，一言不發地跟在我的身後。

我們一路走到了較僻靜的地方，正要鬆開手時，素曇卻緊抓住我的手，我的心猛烈狂跳，面紅耳赤。為了掩飾發紅的臉和心跳聲，我刻意大聲談笑，素曇帶著微笑的臉龐也稍稍透出紅暈。先前對她的埋怨也像是盛夏的冰淇淋，隨著那抹微笑融化了。

晚飯準備好後，我打了通電話給閔組長，然而鈴聲一響起就被掛斷。糟了！只顧著準備晚餐，壓根忘記不能用我的手機打。

不久後，我接到了一個陌生號碼來電，是閔組長的電話。他飛快說完「你們先吃，還有不要用你的手機打給我」就掛斷了。我又不是故意的……。被指責雖然內心有點不是滋味，但還是將這份苦澀吞下肚。

晚餐後，久違地能擁有兩人的獨處時間，於是我和素雲去了漢江散步。明明說她是第一次來千戶洞漢江公園，看起來卻熟門熟路的。在散步的路上，我一五一十地將閔組長先前告訴我在計程車上的事情經過說給她聽。她沒有特別的反應，只是靜靜地聽著。

一言不發的她一走進漢江公園就露出燦爛的笑容說道：

「始甫哥！你看那裡，是漢江耶。這裡的夜景太美了。」

「真的很漂亮。不過。妳還好嗎？」

「嗯，我沒事。我只是在想其中一定是有什麼原因。」

「是啊，就像妳說的，妳爸一定有什麼苦衷。」

「所以我現在不想再多想，只想專心看夜景。」

「妳來過這裡嗎？看起來對路很熟，好像不是第一次來。」

「剛才去市場的時候，我有看到漢江公園的路標，就先用手機查了。」

「啊，所以妳才會說想來漢江。」

素雲滿臉笑容說道：

「哇……好棒，真的好漂亮。」

「是啊，真的很美，就像……」

就像妳一樣。

「什麼？」

「沒有，沒事。」

「始甫哥，我能挽著你的手嗎？」

「喔，好啊，當然可以。別客氣，盡量挽……哈哈。」

我難為情地笑著轉過頭。

「我們……要待在這裡多久？」

「嗯……很累對吧？再忍耐一下，我猜應該三天內就會結束。」

「真的能抓到真凶嗎？」

「一定得抓到，否則……沒事，我們絕對要抓到犯人。」

「始甫哥，你若是覺得累了可以跟我說。雖然我的力量微不足道，但我一定會陪在你的身邊，支持你。」

素曇靦腆地笑了笑，接著說道：

「因為你之前救了我，現在輪到我來保護你了。好嗎？」

「謝謝妳，妳現在對我來說……啊啊，不過不可以。我不能讓妳陷入危險，妳不需要為我做什麼，只要好好待在我身後就行了，知道嗎？」

「呵呵，好啦。但是你的死真的和這件案子有關嗎？」

「不知道。就算無關，不管結果如何，三天內一切都會結束的……。」

聽到我說出準確的天數，素曇驚訝地問道：

「你認為組長可以在三天內解決所有事？」

「不……。嗯，這麼說也沒錯，對。」

「什麼意思？你還有事情沒跟我說，對吧？」

「素曇……」

「被我說中了？對吧？」

我猶豫片刻，下定決心後開口：

「素曇，我死的那天……」

我停頓了下來，喉頭像被什麼梗住。素曇沒有催促我，只是溫柔地凝視著我的眼睛。

「其實……那天閔組長也會死。」

「你說什麼？這話是什麼意思？」

「我看到了組長的屍體。」

「真的嗎？組長知道嗎？」

「不，他還不知道……。」

「那是不是應該早點告訴他？這樣才能想辦法……」

「我知道，我也好幾次想跟他說，可是都錯過了時機。還有，在來這裡之前，我從我爸那裡聽說了爺爺的故事。爺爺不是和我一樣能看見屍體嗎？」

「對，所以呢？」

「有一次爺爺在路上看見了一具高中生的屍體，為了幫那名高中生逃過死劫，爺爺要他不要再走同一條路，還跟他說這樣會死。之後高中生也聽他的話繞路走。」

「所以……他還活著嗎？」

「不，他死了，但不是死在爺爺看到他的地方。」

「但是，既然不是死在你爺爺看到的地方，那也許只是巧合？」

「沒錯，的確是有這個可能，但是萬一……如果萬一，是因為爺爺的預言，才導致了之後的蝴蝶效應呢？」

素曇聽我這麼說，緊閉雙唇，貌似在整理思緒，過了一會才開口：

「你的意思是，因為告訴了高中生他會死，才導致他真的死了？這個邏輯是不是太跳了？」

「是啊，我也希望是我想錯了，但總是會擔心有萬一。萬一真的是這樣，那該怎麼辦？若是我告訴組長，結果卻讓組長死在別的地方呢？」

「可是……即便如此也應該跟他說。組長現在努力想證明清白，不是更應該告訴他嗎？重要的是人先活下來，讓組長做好準備。」

「準備？」

「對啊，你說自己會死的時候，組長不是也說要想好對策嗎？如果組長知道自己也會死，也同樣會想辦法應對的。不能讓他在毫不知情的情況下，就這樣失去性命。」

「這樣說是沒錯，但如果組長知道了自己會死，導致未來發生變化呢？雖然我不確定，但這讓我很不安，萬一有我們不知道的變數，那麼……」

「始甫哥，你真的這麼認為嗎？」

「不無可能啊，就像蝴蝶效應一樣。」

我堅定的語氣讓素曇再次陷入沉思。

「那……你呢？要是得知自己會死，就會死在別的地方的話，你不是已經知道了嗎？所以你也會在別的地方……」

「啊……？真的呢。那我也會死在別的地方……」

「不，不會的。現在還不遲，快告訴組長吧？」

我腦中一團亂，一時無法回答。素曇想阻止我繼續煩惱，故意笑著接話：

「不然我們再一起想想看吧。現在事情都還不能確定，不要太擔心。最重要的是有我在你身邊，打起精神吧。」

「好，謝謝。就像妳說的，我還得再思考一下。還有一些時間，我們暫時對組長保密，好嗎？」

「知道了，可是組長……他是怎麼死的？」

「看起來像中了槍。對了，我在組長的眼睛看見了蔡非盧組長。」

「蔡非盧組長也有出現在李延佑警衛的眼裡……」

「沒錯，但也不能因此就認定他是凶手。組長正在查，應該會發現什麼吧。」

素曇點點頭，深呼吸。

她猶豫半晌，小心翼翼地問起我的死因，對於這個問題，我也不知從何答起。而且要我面對自己的屍體本身就不是件容易的事。

即使如此，將內心的祕密全都說出來後，我的心情舒服了一些。素曇拍拍她的肩膀，示意說累的時候可以依靠她。我被她的可愛模樣逗得笑出聲來，輕輕握住她挽著我的小手，不知不覺之間我們的臉也逐漸靠近。

第14話
找出真凶

從漢江公園回到住處，我們都滿身大汗。素曇說要先洗澡便進了浴室，我則是走到外頭想吹吹風散去一身的熱氣，風雖然清涼，卻也沒期待中的涼爽。夏天就要到了。

我反覆回想我和素曇在漢江公園的對話，是不是該照她說的，將實情告訴閔組長，好讓他能提前準備對策？還是我該想辦法在閔組長不知情的情況下救他呢？

我陷入苦思之中，卻忽然想起在漢江和她接吻的瞬間。什麼啊？為什麼突然想到這個？不知為何，嘴唇的觸感非常真實，不，等等，別想了！回到正題，要想什麼辦法好……腦中卻又浮現了她的畫面。我朝空中揮舞雙手，逃也似地回到屋裡。偏偏素曇就在這時候走出浴室，濕漉漉的頭髮，晶瑩剔透的臉龐，性感的笑眼……不對！我在胡思亂想什麼？她好看的笑眼映入我的眼簾，我手足無措地跑回房裡，掩飾紅透了的臉。還是快點進浴室的好，我手忙腳亂地準備睡衣，衝向浴室，但……

「啊啊！始甫哥你幹嘛？要先敲門啊！」

「喔！喔喔……對……對不起。」

「要是我在洗澡怎麼辦？」

「對不起，我以為沒人。我什麼都……什麼都沒看到。」

「不然你以為會看到什麼？快出去！」

我砰地一聲關上門走出浴室，超想找個老鼠洞鑽進去。等到素曇一出來，我就飛也似地躲進浴室。我洗完澡，正用毛巾擦身體就聽見客廳傳來閔組長的聲音。我開心地加快動作，從浴室走了出來。

「大哥你回來了？」

「喔，始甫！你在洗澡？你這個登徒子，哈哈哈哈哈。素雲已經告訴我了，你不能趁我不在亂來！哈哈哈。」

「什麼？才不是那樣……素雲是開玩笑的。」

「我哪有開玩笑？是事實啊。我還在穿衣服，你沒敲門就想闖進來。」

「什麼？素雲，不是……」

「不要再辯解了，以後你的綽號就是登徒子。呵哈哈哈。」

「是啊，登徒子！看情侶吵架果然最有趣，哈哈哈。」

「真是的！我都說不是了！素雲，不要再鬧了。大哥也不要說了。」

「哈哈，好啦。素雲，就不要捉弄他了，看來登徒子討厭登徒子這個名字，哈哈，噗，哈哈哈。」

「噗呵呵。好，哈哈。」

兩人試圖強忍笑意卻又笑得更肆無忌憚了。

「吼，真是的！」

閔組長克制不住高揚的嘴角，擦著眼角說道：

「哈哈，還有剩飯嗎？冷的也沒關係。」

「你還沒吃晚餐嗎？」

「還沒，今天沒空吃。」

「請等一下，我馬上準備好。」

「好，謝謝妳，素雲。」

「大哥，飯準備好之前先去洗澡吧。」

「喔，也好。你不氣了嗎？」

「大哥！」

「哈哈，開玩笑、開玩笑啦。那我去洗澡。」

經過這段時間的相處，感覺他們倆還挺合得來。

吃完晚飯後，我們聚在桌旁。

「你們在李警衛家找到的東西，給我看看。」

「好，就是這個。」

素雲把準備好的A4紙遞給了閔組長，說道：

「我和始甫哥看過了，但實在不懂是什麼意思。」

我停下洗碗的動作，說道：

「對啊，好像是某種暗號，又像是無意義的塗鴉。啊，還有一張，我用手機拍回來的。素雲幫我拿給他看。」

閔組長邊瀏覽照片裡的單詞邊說道：

「辛苦了，要找到這些應該不容易吧。」

閔組長和素雲一起仔細觀察著從李警衛家帶回來的紙，我洗完碗盤後坐到了閔組長旁邊，問道：

「上面寫了什麼？」

「喔，這個……不知道延佑是怎麼知道的，假如有物證就好了……。首先，這些單詞似乎是把寫在案件筆記上的部分內容抄過來的，或者是他把寫在這裡的東西整理後再寫到筆記上。對了，我查看過警局證物保管室，沒有他的案件筆記。」

「你怎麼進警局的？」

「我沒進去，是拜託崔刑警幫忙。」

「宇直叔叔，那個崔刑警信得過嗎？」

「嗯，沒問題，相信我。」

閔組長毫不猶豫，自信地回答。

「一般而言，我們會把紀錄直接寫在案件筆記上，但遇到整理不出脈絡時，就會像這樣寫在紙上，再整理歸納。不過也不排除延佑一時情急，把案件筆記的內容寫在紙上。」

「所以這就是案件紀錄？j、0、9、f、9、d、4……這是暗號嗎？」

「沒錯，這是我教他的記錄方式。」

「那你能破解嗎？」

「喔，這個就是蔡非盧的意思。」

「蔡非盧組長嗎？怎麼看出來的……？」

「英文字母的a到n分別代表了韓文的十四個子音，阿拉伯數字的0到9則代表了韓文的十個基

ㅏ(a) = **0**、ㅑ(ya) = **1**、ㅓ(eo) = **2**、ㅕ(yeo) = **3**、ㅗ(o) = **4**
ㅛ(yo) = **5**、ㅜ(u) = **6**、ㅠ(yu) = **7**、ㅡ(eu) = **8**、ㅣ(i) = **9**

ㄱ(g) = **a**、ㄴ(n) = **b**、ㄷ(d) = **c**、ㄹ(r) = **d**、
ㅁ(m) = **e**、ㅂ(b) = **f**、ㅅ(s) = **g**
ㅇ(ng) = **h**、ㅈ(j) = **i**、ㅊ(ch) = **j**、ㅋ(k) = **k**、
ㅌ(t) = **l**、ㅍ(p) = **m**、ㅎ(h) = **n**

本母音。按這種規則寫出蔡非盧的名字——chai-bi-ro，就會出現『j09f9d4』，懂了嗎？」

「我不懂……素曇妳懂嗎？」

「看好了。韓文母音『a』就是數字0；韓文母音『ya』就是1，按這個順序排到9。韓文子音『g』是英文字母a；韓文子音『n』是英文字母b，同樣依序一路排到n。這樣寫出來，有比較好懂嗎？」

「哇！把這個背下來，寫出來的暗號就只有自己看得懂了。嗚哇……。」

「好容易搞混，要怎麼寫？太難了吧？」

「沒錯，一開始很難，但如果寫習慣就不會了。改變母音和子音的第一個字母和數字的設定，就會出現不同的內容。我是把第一個子音設成k，第一個母音則設成7。因為順序不一樣，所以我也很難一次就看懂延佑的寫法，要多代入幾次才看懂。聽起來很簡單吧？只要實際操作過其實也不難。」

「不難嗎？像這樣寫出來我才勉強理解，光聽解釋根本聽不懂。要知道暗號的意思好像得全部寫出來才行。」

「雖然會覺得困難，但寫下這樣的祕密訊息，乍看之下不像文字，不容易引人注目。哇，好神奇。我以後也要這樣子寫日記。」

「喔齁，素曇，看來妳已經準備好要當警察啦？」

「不是的，因為日記的內容不想被人知道……。比起我，始甫哥更適合當警察。」

「一看就知道我不是當警察的料吧？光是這個暗號就讓我頭大，啊哈哈。」

「哈哈，這樣就頭大怎麼可以？還有更複雜的方法。」

「有必要把事情弄得更複雜嗎？真是……」

「只要學會竅門就不難了。別瞎操心了，你們兩個以後都來當警察，我會在銅雀警局等你們報到，知道嗎？」

閔組長開玩笑說道。

「你又來了。快點告訴我們還寫了些什麼。」

「喔，好，這裡寫得很簡略，大概是隨手寫好後，再整理回筆記上。這裡寫了蔡非盧的父親與UK集團總裁沈會長勾結，但沒有具體細節。還有提到與大民黨代表見面給了兩億韓元*3。順便告訴你們，蔡非盧的父親曾四次當選國會議員。」

---

*3：約新台幣四百八十萬元。

「李警衛是因為知道這件事才被……」

「看來真的是那個叫蔡非盧的刑警殺了李警衛。」

「有可能，但還不能光憑這些就斷定。延佑手上或許有物證。若真的有，他會藏在哪裡？」

「大哥也完全猜不到在哪裡嗎？」

「嗯……假使不是家裡，警局？還是車上？那應該早被當證物收起來了。沒錯。說不定已經落到了他們手裡。」

「但是這裡，為什麼直接寫下了『金範鎮』三個字？」

「我也不清楚，可能金範鎮也知道這件事？所以……啊！沒錯！可能是金範鎮在祕密調查的案件。」

「祕密調查？那金範鎮刑警應該也知道。」

「叔叔，另一張紙上寫的是什麼？」

「這些是我和延佑調查過的案件紀錄，都已經結案了。和這個案子沒有關係。」

「原來如此。這上面也有寫金刑警的名字耶？字跡很潦草。」

「對，這原本是金範鎮刑警負責的案件，因為遲遲沒有進展，才轉來我們組。」

「這樣嗎？那也是金刑警祕密調查的案件囉？可是……用手機拍下的照片，能成為命案的證據嗎？」

「當然不行，必須要有實體物證。向金刑警洩漏假情報也是為了這個，我在想假如蔡非盧是共犯，那麼他們倆一定會有所接觸。但今天沒有動靜，我看到他直接回家了。」

「你跟蹤了金刑警？所以才……」

「所以怎樣？我聽了始甫轉達的通話內容，以為他和蔡非盧會馬上見面，但結果沒有。等明天吧，明天早上我要去金刑警家門口等著。」

「這次我也能一起去嗎？」

「是啊，叔叔。你有可能在跟蹤金刑警的途中又得跟蹤其他人。也許需要跟蹤蔡非盧刑警。」

「喔……。其實就像妳說的，我也覺得會有突發狀況，正想拜託你們。始甫你能幫我嗎？」

「當然沒問題！我今天要早點睡了。」

「哈哈！現在才有像個考生的樣子。但凡事有準備是對的。好，你先進房間睡吧，我還睡不著，晚點再進去。」

「當然了，有準備才能事半功倍，那我先去睡了。素曇，晚安。明天我會自己出門，妳不用也跟著早起，好好睡。」

「好，始甫哥別擔心我，晚安。」

我關上房門，收起了微笑。

我不是為了睡覺才進房間的，而是因為需要安靜思考的時間。我還沒決定好要告訴閔組長實情，還是繼續保密，自己找出救閔組長的方法。說真的，我現在仍找不到對策，無能為力的我只能陷入苦思。

倘若告訴他實情能避免死亡，那是再好不過，但要是因此改變未來，導致閔組長死在別的地方，那只是讓狀況變得更糟。屆時連閔組長會死在何時何地都無從得知，也就無法準備對策。

只剩當下救回閔組長這個方法了……。但是有什麼方法能救他？他可是中槍死的，是槍耶……。我能做的只有阻止他去案發現場，但要怎麼不讓他去？不管三七二十一地瞎攔嗎？

越想頭越痛，眼皮也變得越來越沉，苦思許久仍沒有答案……。結果還沒做出決定就進入了夢鄉。

有人站在白霧瀰漫的鐵軌上。好像就是我。周圍一片寂靜，在我環顧周圍時，有個焦急的聲音喊著我的名字。是素曇嗎？那聲音分辨不出是男是女，很模糊，好像正驚慌地尋找我，又好像在求助。我朝著聲音的方向走去，心急得想加快腳步，但只能緩慢地行走。即使想邁開步伐奔跑，身體卻不聽使喚。瀰漫的霧慢慢地散去，開始下起了傾盆大雨，而我就這樣站在雨中。

慢慢地，我看見了某個似人非人的形體，在那個形體之後，有一個人倒在地……是閔組長。就像當初我見到他在地鐵站中槍倒地的模樣。

看見屍體的瞬間，我嚇得大叫卻沒發出半點聲音，而站在屍體前的那個形體突然向我撲了過來。吃驚的我砰地向後倒下，用盡全身力氣放聲尖叫。

「啊啊！」

我睜開了眼。

啊……原來是夢。為什麼會夢到這種夢……？我眨了眨眼，閔組長的臉出現在眼前。我還在夢中嗎？

閔組長搖了搖我，問我還好嗎？現在該出門了，便拉著我的手走向浴室。

我用冷水洗臉，希望自己快點從這場夢中醒來，這才終於回過神，幸好剛才看見的恐怖情景只是夢。撲向我的那個形體是什麼？好像不是閔組長……。是不好的預兆嗎？我的內心莫名在意。

當我做好準備，正要和閔組長一起出門時，素曇打開了房門。是要出來送我們的嗎？但她的穿著不像是剛睡醒。

「素曇，妳昨天穿這樣睡嗎？」

「不是啊，我想一起去。」

「什麼？不行。妳留下來。」

「不要，我要和你一起去，叔叔也同意了。」

「什麼？大哥！真的嗎？」

閔組長迴避我的視線，含糊答道：

「嗯……那個……對，她昨天不停纏著我。」

「那你應該要阻止她啊。」

「她說會好好待在我們身邊，就讓她一起去吧。我們也不知道這裡會不會有什麼事，待在一起可能會更安全。」

「沒錯，你怎麼知道警察不會來這裡？」

「不，可是……。」

「算了吧，素曇不會輕易放棄的。」

「對！我不會，始甫哥你放棄吧。」

「唉，妳真固執……。那妳一定要待在我身邊，知道嗎？」

「我知道。我會像這樣緊緊貼在你身邊。」

素曇緊緊地貼在我身邊，挽著我的手臂。

「又開始了，哈哈。」

我停下腳步問道：

「要搭大眾交通工具嗎？大哥你的車不是被扣押了？沒車要怎麼跟蹤金刑警？」

「別擔心，我昨天租好車了，就在這附近，我們先去取車再去目的地。」

「我昨天聽見了，叔叔申請了共享汽車。」

「快走吧。」

太陽還沒升起，外面一片漆黑，街道上空無一人。

沒過多久，一輛小型車的前燈發出了「嗶嗶」聲，閃了一下。閔組長在內建的導航系統輸入了金刑警家的地址後，我們便立刻上路。這裡距離新沙洞有很長一段距離，但由於凌晨路上的車並不多，所以一路順暢。

我們到達了新沙洞的一棟高級公寓附近，閔組長把車停在僻靜的小巷。太陽升起，天色也逐漸亮了，這時突然開始落下一兩滴雨點，淅淅瀝瀝，很快地轉為傾盆大雨。還沒看到金刑警的身影，當我還在擔心要是金刑警撐雨傘出門，看不清長相會錯過時，閔組長突然發動了車。

「是那輛車，看到了沒？前面那裡。」

「什麼？那輛車嗎？你說那輛進口車？」

「嗯，對，賓士！」

「哇，看來金刑警家境不錯，又是高級公寓又是進口車的。」

「好像是。」

「好像？大哥你不知道嗎？」

「我帶他的時候有去過他家，那時他沒那麼有錢。」

「看來刑警薪水很多囉？咦，那大哥你呢？」

「沒那種事，警察薪水再高，也不可能開進口車，還住新沙洞的豪宅，對吧，叔叔？」

「沒錯，再等等看吧，我們會知道原因的。」

雨勢逐漸轉小，金刑警的車不曾因雨勢而慢下來，持續超速行駛，只在有測速照相機的路段才會減速，我們費了一番工夫才緊追在後。

「他要去哪裡？看起來不像是去警局。」

「不一定，從這裡也能到警局，只是會繞點路。」

「為什麼非要繞路……」

「注意看。」

「他進到大樓裡了，我們不跟上嗎？」

「在這裡等著，他很快就會出來的。」

素曇看著金刑警進去的大樓，問道：

「他為什麼要來這裡？」

「不清楚，會是什麼原因呢？」

「啊！難不成是……」

「哦！難不成是……。始甫，你想說什麼？」

「金屋藏嬌？」

「嗯，有可能喔。」

閔組長呵呵笑著回答。

「啊，出來了。」

「哪裡？」

「那邊那輛車！」

我看向閔組長指的方向，但只看見一輛小型車。

「大哥，那輛是小型車。」

「沒錯，他要換車去警局。」

「什麼？為什麼要換小型車？」

「你覺得是為什麼？」

素曇思索了一下，點頭回答：

「金刑警領刑警的薪水卻開賓士這樣的進口車，要不是中了樂透，就是大賺了一筆……。如果不是樂透，那表示他肯定收了不少賄賂。」

「答對了！沒錯，雖然現在沒證據，但我認識的金刑警不可能有能力買進口車，更不用說是豪宅了。很可能是收了不正當的錢。」

「那就是警察收賄？這次的命案也是……的確滿有可能的。」

「大概吧。昨天我跟蹤金刑警時也嚇了一跳。我原先以為他還住在這個社區，他卻沒有進大樓，換了車就走了，我一時大意還險些跟丟。我更驚訝的是，他剛才出來的那棟公寓，是那一區最高級的公寓。我在跟蹤他的過程中也開始感到不對勁，這背後一定有問題，他今天肯定會和蔡非盧見面。」

「他們會在哪裡見面呢？不會是警局吧？」

「不，不可能是警局。這次的命案調查刑事科被排除在外，他們在局裡不方便見面，所以一定會約在外頭。」

「那他現在不去警局，是去別的地方嗎……？」

「不，這是去警局的路，快到了。」

「我們在警局附近監視沒關係嗎？」

「會有點危險，所以有件事需要你們去做。」

我們到了警局附近，商量了接下來的對策。

「時間還早，他不會馬上外出，為了以防萬一，始甫你去待在對面盯著，素雲則是去找安刑警，順便打探情況。如果金刑警在妳回來之前外出，我會直接跟蹤他。素雲妳出來之後就和始甫會合。我們回頭再碰面。」

我毅然決然地用力點了點頭：

「現在分頭行動嗎？」

「嗯，還有點時間……。你們兩個去咖啡廳吃點東西再回來，怎麼樣？」

「大哥你呢？」

「我留在車上，你們進去咖啡廳，盯緊警局正門，要是看到金刑警的車就傳訊息給我，知道嗎？」

「叔叔，需要幫你買些什麼嗎？」

「不用了，謝謝妳。」

「那你自己小心點。」

「好，你們也是。」

我們走進對面的咖啡廳，戴上帽子坐在角落的窗邊。雖然我們只走了一小段路，但因為雨下得太大而全身濕透，這時候來杯咖啡令人感到加倍溫暖。素雲將手裡吃到一半的三明治放了下來，我瞧見她這副模樣，便對她說：

「素曇，不要太緊張，大哥說過不會有事的。」

「可是……要是萬一我出錯了該怎麼辦，要是安刑警一直追問我叔叔的事呢？照叔叔說的做，真的沒任何問題嗎？」

「不會有問題的。就算出錯也沒關係，就像大哥說的，妳和大哥沒有直接關聯，安刑警不會想到那麼多，只要按他說的做就不會有事，不要太害怕。」

「好。我知道了。」

「有問題就馬上打給我，我會立刻去找妳，好嗎？」

素曇點頭答道：

「謝謝。」

這時外頭下個不停的大雨悄悄地停了，安靜得彷彿像什麼事都沒發生過。

素曇仰望天空深呼吸後走向警局，我再次回到窗邊喝咖啡，監視著警局正門。

過了約三十分鐘，我看到金刑警的車要開出警局正門，馬上傳簡訊通知閔組長。金刑警的車一離開警局，閔組長的車便跟上並保持一段距離。

時間又過了三十分鐘，我看見素曇走出警局正門，走進咖啡廳。她一臉疲憊，喝了我剩下的咖啡。

「素曇，妳還好嗎？」

「還好，有點渴而已。」

「要再點一杯咖啡嗎？」

「不了，這就夠了。」

我看著素曇，謹慎地開了口：

「……刑警怎麼說？」

「呼……他只是問我知道些什麼，我卻莫名有種被誘導的感覺，對方什麼都沒做，感覺是我給自己挖了陷阱。」

「你好，我是姜素曇……昨天聯絡我的刑警……」

「妳是姜素曇小姐嗎？」

「是的。」

「啊，沒想到妳這麼早來，請坐這裡。」

「好的。」

「下雨還勞煩妳跑一趟，辛苦了。」

「沒關係，有什麼事嗎？」

「是這樣的，姜時民是妳的父親嗎？」

「是的，怎麼了嗎？」

「我們找到了殺害姜時民先生的嫌犯。」

「我聽說了。」

「喔？妳聽誰說的？」

「什麼？好像是金刑警告訴我的……。」

「喔，這樣啊，妳聯絡上金範鎮組長了？」

「對……。他說找到了殺害我爸的凶手……」

「原來如此。最近新聞也有報導，所以妳肯定知道，嫌犯是閔宇直刑警。」

「是的，我知道。你是為了這個才叫我來的嗎？」

「啊！不是的。這些事用電話說就好了。妳有其他急事嗎？」

「沒有，我沒事。」

「那有幾件事想和妳確認一下。」

「好的。」

「妳還記得我上次去妳家的時候嗎？」

「你是指什麼時候？」

「我和金範鎮組長一起去過，妳不記得了嗎？」

「啊，有。那時候你來拿走我爸的包裹。那位就是金範鎮組長……」

「是的，沒錯。當時拿到的行車記錄器影片我這邊確認過了。妳有看過影片了嗎？」

「什麼？沒有，我……」

「行車記錄器影片現在成了案件的關鍵證據。請問妳知道寄快遞的人是誰嗎？」

「不知道。箱子沒寫寄件人的名字。」

「沒錯，但後來發現，寄件人是李真成。妳認識他嗎？」

「李、李真成？」

「是的。」

「不……我沒聽說過這個人。」

「沒聽說過啊。那麼妳父親出事之後，有陌生人聯絡或來找過妳嗎？」

「嗯……。我爸出事以後，因為負擔不起治療費用，所以我把原來住處的押金拿來付醫藥費，然後搬到了現在的住處，所以沒有人來找過我或聯絡我。」

「是嗎？也沒有人去過醫院嗎？」

「對，沒有人來過……。為什麼這樣問？」

「寄件人死了，所以我想知道李真成是否有去找過妳。」

「我不知道他是誰。」

「啊，請等一下……。姜素曇小姐，能麻煩妳看一下這張照片嗎？這個人就是李真成，有印象嗎？」

「我沒見過這個人。這個人是共犯嗎？他既然會把影片寄給我，表示他應該不是共犯吧？」

「這還不確定。但他為什麼要把影片寄給妳呢？他又怎麼知道妳搬到哪裡……？我想他一定去過醫院，並且跟蹤妳回家。妳真的沒見過他？沒想起來什麼嗎？」

「喔……是的，我真的對他沒印象，這是我第一次看到這個人。這跟我爸的死有關嗎？」

「不，與其說是……啊，沒事。」

「這樣說很不好意思，但為什麼你們還沒抓到閔宇直？」

「很抱歉，我們已經展開全面通緝，很快就會抓到了。」

「真的嗎？」

「是的，請妳再耐心等一下。還有，妳認識南始甫吧？」

「什麼？為什麼問這個？」

「你們最近有見面嗎？」

「喔……有。」

「原來如此。」

「怎麼了嗎？」

「因為南始甫正在幫助閔宇直組長，妳知道這件事嗎？」

「喔……。」

素曇慌了手腳，無法直視安刑警的眼睛。

「原來妳知道啊。妳明知道閔組長是殺害妳父親的嫌犯，還跟他見面嗎？」

「不是……。不是的，我不知道這件事，我和始甫哥是……」

「所以妳是在不知情的情況下幫了他嗎？啊，難道南始甫現在和閔組長在一起？」

「不，不是的。自從電視新聞報導了閔組長之後，我就沒見過他了。」

「『閔組長』啊……好吧。聽妳稱呼他始甫哥，看來你們很熟？」

「是的，他之前救過我一命，在那之後我們就開始變熟。」

「啊，對，我有聽說過。那妳也見過閔組長？」

「是的，有次和始甫哥一起……」

「他有說什麼嗎？還是南始甫有說了什麼嗎？」

「喔……沒有，沒有特別說什麼……。」

「姜素曇小姐，我想提醒妳，藏匿或幫助罪犯逃跑，會被處三年以下有期徒刑，或五百萬韓元以下罰金，請誠實回答。」

「安刑警，我真的不清楚。閔組長說自己被冤枉才被追捕。他還說自己絕對沒殺人……」

「沒有殺誰？妳的父親嗎？」

「不是，李真成。」

「李真成？」

「是的，所以……」

「等等，姜素曇小姐，妳剛才不是說妳不認識李真成？」

「那個……不……那是……刑警你……」

「我說的？我沒有說閔組長殺了李真成啊……。」

「呃……不是，我的意思是……。對，不是你說的，他只說他被指控殺人，是冤枉的……。原來組長說的……那個被殺的人是李真成啊。聽起來像是在說李真成，所以我才會以為是他。沒錯，就是這樣。」

「是這樣嗎？」

「對，啊……是的。」

素曇不記得自己究竟語無倫次地說了些什麼，覺得不能再這樣繼續下去，於是垂下眼，避開了安刑警的視線。

「我知道了。姜素曇小姐，閔宇直組長是殺害妳父親的嫌犯，妳必須說實話才能有助於調查。如同妳所知道的，他也涉嫌殺死了提供關鍵性證據的李真成。我們是擔心妳會有危險所以才通知妳，如果閔組長有聯絡或接近妳，請馬上聯絡我們，他說自己是冤枉的也不要相信，這樣妳理解了嗎？」

「好的。只要聯絡你就可以了嗎？」

「是的，麻煩妳了。啊！還有一件事，既然妳和南始甫先生很熟，請妳幫忙轉達，假如他還在協助閔組長的話，請他說服閔組長自首。這不是閔組長逃跑就能解決的問題。很抱歉這樣告訴妳，但姜時民命案並不是直接殺人，所以自首能酌情量刑……啊，我應該直接告訴南始甫先生才對。抱歉。」

「不會。那麼我先走了。」

「辛苦了，慢走。下雨天路上小心。」

「始甫哥，我沒說錯話吧？」

「沒有，妳做得很好，辛苦了。」

「我老是很在意自己會不會說漏了什麼，講到李真成的時候，總覺得有些……」

「組長也說不會有問題，刑警聯想不到這麼遠。事情都過去了，別太在意。」

「不過安刑警……」

「怎麼了？」

「提到閔組長的時候，他的表情好像有點……。不知道怎麼形容，該說他好像在擔心閔組長嗎？」

「是嗎？有可能。畢竟他們都是警察，閔組長又是他的前輩、同事。」

「所以才會有那種感覺嗎？」

「對啊。這裡已經處理好了，我去打個電話給組長。」

我走到櫃檯借用電話，咖啡廳店員爽快遞出自己的手機。鈴聲響了好一陣子，當我正想掛斷時，耳邊傳來了閔組長的聲音：

「喂？」

「大哥，是我，始甫。我向咖啡廳店員借了手機。」

「啊，好。素曇回來了嗎？」

「對，她剛離開警局。你在哪裡？」

「這裡是……市廳前的一家飯店。」

「啊，百萬大飯店。」

「我不知道名字，等等……喔，沒錯！你怎麼知道？」

「市廳前只有那一家飯店。我們過去找你嗎？」

「我現在走進大廳的咖啡廳了，金刑警在這裡等人。你們過來吧，先這樣。」

「那個，大哥……」

嘟、嘟、嘟。

這次也沒能說完話就被掛斷。我無奈地正想走回座位，沒想到素曇神不知鬼不覺地站在我身後，嚇得我倒退三步，素曇看到我驚嚇的模樣咯咯笑，說我動作太有趣。

外面又下起了雨，我們在咖啡廳門口等計程車時，我看見安刑警走出警局正門的身影，於是迅速躲在路燈後方。

「你怎麼了？」

「素曇，安刑警在對面，警局正門那。」

「啊！真的耶，怎麼辦？」

「妳被看到沒關係，保持冷靜，知道嗎？」

素曇和安刑警對視，她輕輕點頭打招呼。

「安刑警看見我了。」

「不要看我這裡，等安刑警走了就告訴我。」

「嗯，他上了計程車，你可以出來了。」

「以防萬一，我先躲在這裡，妳能招車嗎？」

「好。」

我等到計程車停在素曇面前才走出路燈後方，上了車。

不一會兒我們就抵達了飯店，趕忙進到大廳張望四周想找咖啡廳在哪裡。飯店的外觀普通，但內部相當精緻與華麗。

素曇冷不防握住我的手，將我拉到大廳深處，我糊里糊塗地跟著她走進咖啡廳。正如飯店的規模，咖啡廳也十分豪華，就連不懂高級為何物的我也覺得「好像很厲害」。在我欣賞咖啡廳裝潢擺設之際，素曇小心翼翼地觀察周圍尋找閔組長。這時候，突然有人拉了我的手臂。

「啊！」

拉扯的力道險些害我摔倒在地，但那隻手即時撐住了我。

「安靜跟我走。」

拉住我的不是別人，正是閔組長。雖然被嚇了一跳，但看到他的瞬間也鬆了一口氣。他一言不發地帶我們到他坐的位子。不出所料，金範鎮刑警和蔡非盧警正在裡頭會面。

「他們來多久了？」

「蔡非盧警正剛到沒多久。」

「在這裡聽不到他們的對話，沒關係嗎？」

「沒辦法再靠更近了。」

聽不到金刑警和蔡非盧警正在談些什麼，只能偶爾聽見蔡非盧警正模糊的說話聲。

「大哥，要我靠近聽聽看嗎？」

「什麼？不行。金範鎮認得你。在這裡等他們離開再跟蹤比較好。」

素雲在旁見狀便低聲說道：

「那試試這個方法怎麼樣？這裡的座位是C字型的，金刑警背對咖啡廳看不到這邊，蔡非盧警正不認識我和始甫哥，我們假裝情侶接近的話，應該不會被注意到吧？」

「不行，還是會有危險。」

「大哥，要繼續在這裡等嗎？我們必須知道他們在說什麼吧。」

「這次輪到叔叔相信我們了，始甫哥，走吧。」

「沒錯，大哥，你就在這裡等我們吧，哈哈。」

素雲挽住我的手臂，身體輕輕靠著我，就這樣一起走到了蔡警正能看見我們的地方。為了以防蔡警正認得我們，我壓低了帽子，素雲也假裝看著我，盡可能地隱藏自己的臉。原先在說話的蔡非盧警正看了我們一眼，暫時停了下來，直到我們經過他，坐到旁邊的位子之後，才轉回頭看金刑警繼續說。

他似乎沒有察覺，太好了。雖然位子就在旁邊，但他們的視線範圍裡看不見我們。這時候，我聽見了稍微拉高的聲音。

「金組長！那是誤會！我沒有做那種事。」

「老實說，我也不相信，只是以防萬一……」

「好，講開就好，那是姓閔的試圖挑撥我們。」

「是，沒錯，我知道了。可是怎麼辦？看他的眼神好像知道些什麼，有可能覺得系長你也有關聯。」

「沒差，就算他知道又能怎樣？與其瞎擔心不如趕快抓到他。比起我們這邊抓到，你那邊抓到動手才方便……。如果被廣域搜查隊先找到人的話事情會變得棘手。雖然這次是由我統籌，但我也管不住搜查隊員，萬一在過程中被發現什麼的話，那可就麻煩了，知道吧？」

「啊，是！當然了。他能去的地方我都找過了，就是找不到那隻老鼠躲在哪裡。廣域搜查隊也查不到他的行蹤嗎？」

「他們還分析了監視器，正在找……啊！當時你說的那傢伙……你不是說他和那傢伙在一起？」

「您是說那個叫始甫的傢伙？」

「始甫？我不知道名字，為什麼不把他抓起來狠狠揍一頓？」

「我正在考慮要不要那樣做，不過他先打來給我，說自己不知情，是幫了他以後看到電視報導才知道他是凶手……。」

「喂！金組長！你相信那傢伙說的話？哇，看不出來你是這種人，這麼天真爛漫好唬弄。如此天真竟然還會把人……」

「蔡警正！您在說什麼？請注意分寸。」

「什麼？你這小子……呵，好吧，抱歉。總之，抓住那個叫始甫的傢伙，把他帶過來，我要見他。」

「見那傢伙？不用吧。沒必要勞動您出面，我會自己處理好。」

「是嗎？沒問題嗎？」

「當然了，那個叫始甫的傻小子，膽小又什麼都不懂。」

「哼，那我就相信你一次，但你剛才說是他自己來聯絡你？這讓我有點擔心……。該不會……應該不是吧？」

「什麼？什麼意思？」

「我和你的事，該不會是那傢伙來問你的吧？」

「啊……那個……」

「什麼？是他嗎？那個叫始甫的傢伙？」

「……。」

「看來沒錯呀！呵呵，呵呵……。哎呀哎呀，金組長！你在和我開玩笑嗎？你當這麼多年的刑警是怎麼混的？真是太荒謬了。金刑警！你在鬧著玩嗎？」

「不，不是的，我認為他在撒謊。」

「喂！那個傻小子編得出這種謊？肯定是閔宇直那傢伙指使的！你……真是……」

「閔宇直嗎？」

「對，你這個蠢……唉，你都沒發現嗎？」

「啊……我會把事情導回正軌的。」

「導什麼導？立刻抓住那傢伙，把他帶到我面前！動作快！」

「是，我知道了。」

「還坐著？快去啊！」

「是！」

金範鎮刑警被蔡非盧警正的喝斥嚇到，從座位上猛然彈起跑了出去。從蔡非盧警正望著金刑警的眼神，能感受到他的輕蔑。

「沒用的混蛋，怪不得有人說不能讓他當組長。哎呀，我竟然還把他升上來……。不過那傢伙怎麼還不打來？」

蔡非盧警正拿起放在桌上的手機，打給了某人，說話的聲音大得像在發火：

「你人在哪裡？對，在裡面，進來。」

他掛斷電話，不耐煩地將手機放回桌上。聽他叫對方進來的語氣，看來那人似乎在附近待命。

「臭小子！看來比金刑警好多了，該死。現在該怎麼辦，要拿金刑警那傢伙……。」

素曇和我確認金刑警已經走出咖啡廳，於是站起身來，正想回到閔組長那一桌時，安敏浩刑警從咖啡廳入口走了進來。

我慌張拉著素曇的手臂，重新坐回位置上。她睜著圓滾滾的眼睛像在問我發生了什麼事。

「安刑警在門口，他要進來了。」

「什麼？真的嗎？」

她驚訝地瞪大眼睛，圓滾滾的雙眼像是對大鈴鐺。

安刑警為什麼會在這裡？他該不會從警局前就開始跟蹤我？大哥應該躲起來了吧？忐忑不安的心臟彷彿隨時會爆炸般地狂跳，而微弱的腳步聲越來越近蓋過我的心跳聲。在我猶豫該躲到別的地方還是待在原地時，旁邊傳來蔡非盧警正的聲音。

「喔，在這裡！過來坐。」

「警正您好。」

「嗯，安刑警，要喝點什麼嗎？」

「不用了，您找我有什麼事？」

「哎，幹嘛這麼急？等一下，服務生！」

蔡非盧警正叫住了路過的女服務生。

「你要喝什麼？」

「喔……那麼請給我冰咖啡。」

「哈哈，好，很熱吧？來兩杯冰美式。啊，還有，先送冰水過來。」

「好的。」

女服務生向一旁的我們走來，想幫我們點餐。

「先生，要幫您點餐嗎？」

「什麼？喔……請給我菜單……。」

「好的，請稍等。」

女服務生拿來了菜單和水，也替隔壁桌的安刑警他們送上了水。確定女服務生離開後，蔡非盧警正立刻開口：

「安刑警，你調查過凶器了吧？」

「是的，如同您所說，證據的確是偽造的。不過您是怎麼知道的？」

「沒錯吧？一看就不像是真的。閔組長不是會殺人的人，不是嗎？」

「嗯……是的，但是……」

「怎麼了？你剛才有看到金刑警？」

「是的。」

「好，老實說，不能全然相信金刑警，他捏造事件已經不是一兩次了。」

「呃，那個傳聞是真的？」

「傳聞？你真是的，哪是什麼傳聞？局裡還有誰不知道？」

「您認為金範鎮組長是李真成命案的凶手嗎？」

「哎，這樣說就太過分了，沒那回事。金刑警幹嘛要殺他？他不過是抓不到凶手，想抓閔組長來當替死鬼，你這人真的是。」

「喔，是的。那為什麼要找閔宇直組長……？這樣的話，是誰對李延佑警衛……」

「怎麼了？延佑的案子也造假了？」

「還在調查中，不過從李真成命案來看……」

「喂喂！不要混為一談，一碼歸一碼。閔組長……不，不會的。但要是沒有其他證據的話，就不能因為李真成案就懷疑金刑警，不是嗎？」

「是的。是我太過分了，我會馬上改正。」

「好，把事情一一調查清楚。」

「可是，他為什麼要讓閔組長變成李真成命案的嫌犯？您又是怎麼知道的？」

「你以為我整天只是坐著翹二郎腿嗎？你也清楚金刑警對閔組長心存芥蒂，還有職位的事情，等之後調查出來就知道了。比起這個，現在有更緊急的事，你知道那個叫始甫的吧？」

「什麼？您說南始甫嗎？」

「幹嘛這麼驚訝？南始甫？他姓南啊？總之，去查一下這個人再向我報告。還有金刑警，你也要盯緊他。」

「是，明白了。我調查之後再向您報告。我想起有事情要馬上確認，那麼我先離開了，有消息會立刻聯絡您。」

「那個，安刑警！聯絡……懂吧？」

「是的，只能打到您給我的那個號碼……我明白。」
「好，我怕你不知道。辛苦了。」
「是，我走了。」
「OK！」
蔡非盧警正懷疑金刑警，這是怎麼回事？聽了他們的對話，我的腦中變得更加混亂。而且，現在我成了問題的目標，蔡警正一下就看穿了我在說謊。
就在我考慮要回去找閔組長，還是繼續觀察蔡非盧警正時。
「是我，是啊，很辛苦。」
我聽見蔡非盧警正與某人的通話。
「我知道，知道啦，所以我才安排安刑警監視金範鎮。……我也覺得不是，但是現在證據都出現了，能怎麼辦？……你這臭小子！就算我那樣做又有什麼用？友植啊，我知道你是替宇直這個大哥著想，但是……。宇直！不，友植，你們名字可真像。是啊，你不照顧宇直大哥，還有誰來照顧他。……不，這不是那樣就能解決的事。」
蔡警正不停和某個叫友植的人談論閔組長不是真凶的事。
「好，要找出證據才行。就像你說的，就算範鎮才是真正的凶手，但那又能改變什麼呢？沒證據啊。友植，你聽好了。……不，聽我說！我已經查過了，李真成命案的相關證據是偽造的，儘管如此……喂！友植！我懂你的心情，但莽撞……知道了，知道了，你冷靜一點，現在沒有證據能證明範鎮是凶手，怎麼能拘留他？如果連範鎮都被拘留了，媒體會坐視不管嗎？警方現在形象已經夠差了，要是知道警察是凶手的話，那……」

我和素曇安靜地對視。蔡非盧警正很清楚閔組長是被冤枉的，而且並不想把閔組長逼入絕境，反而像是站在閔組長這邊。

「喂！只有你擔心嗎？我也很擔心，我是說現在正在調查，你耐心等一下，所以說，友植……。知道了，那你也繼續調查，還有，聯絡上宇直大哥的話，叫他和我見一面。不是啊，得見面才能……怎樣？你信不過我？喂！老是拿當時那件事……唉呀。」

蔡非盧警正默默地聽對方說了一陣子，喝了口冰水稍微冷靜下來，繼續說道：

「友植，你冷靜。你先聯絡宇直大哥，轉告他我想見他。……哎，不要這樣，聯絡上他就替我告訴他，知道嗎？還有，以後不要再說那件事了。……好，知道了，再聯絡。好，辛苦了。」

啪！

蔡警正邊把手機扔回桌上，沉著臉抱怨：

「唉！死性子還真像……。抓到一個借題發揮的好機會啊，該死！」

蔡非盧警正發完了脾氣便離開座位，走向結帳櫃檯。

不過，友植？友植是誰？好像在哪裡聽過這個名字……。從他剛才說的話聽起來，好像是熟識閔組長的人，而且蔡警正竟然稱呼閔組長「宇直大哥」。

啊！應該用手機錄音的，我竟然沒想到這一點。

我和素曇看見蔡非盧警正走出咖啡廳，連忙離開座位。我們回頭一看，閔組長正朝我們走來。

「沒事吧？他們說了什麼？」

「不知道該從何說起才好……。」

「等一下，我用手機錄下來了，不過有段距離，不知道有沒有錄成功。」

「幹得好，素曇，妳果然是要當刑警的人，怎麼會想到要錄音？」

「沒有啦，我想著要確實聽清楚把他們說的內容告訴叔叔，但沒信心記下全部細節才錄音的。這裡有耳機。」

「做得很好。我來聽聽看，可能要重聽好幾次，你們先點餐。服務生！」

「您好，請問要點餐嗎？」

「大哥，你要……？」

「我要冰咖啡。」

「始甫哥，我也一樣。」

「那麼請給我們三杯冰美式咖啡。」

「謝謝，馬上送來。」

女服務生點完餐離開後，閔組長開始仔細聽錄音內容。他反覆聽了好幾次，直到咖啡送來之後才拿下耳機還給了素曇。

「怎麼了？聽不清楚嗎？」

「不，還可以，都有錄到。只有一些地方聽不見，那些我問你們就可以了。」

「呼，太好了。」

「來，先喝咖啡吧。」

我們三個喝著咖啡，暫時喘了口氣。

「這樣聽起來，蔡非盧動了點腦筋。他要安刑警調查金刑警？還有，不知道為什麼崔刑警會和蔡非盧聯絡。」

「那個叫友植的就是崔刑警嗎？」

「喔，對。但安刑警好像說證據是偽造的，是嗎？那段沒聽清楚。好像不是安刑警自己查出來……是蔡非盧要安刑警查的……。這部分你們記得嗎？」

我仔細回想了兩人的對話。

「對，安刑警問了兩次蔡組長是怎麼知道的……。沒錯！他問了兩次，但是……」

「但是什麼？」

「等一下，蔡組長好像沒說是怎麼發現的，是嗎？我有點忘了……。」

「沒錯，我也沒聽到他說怎麼發現的，只有說之後就知道了。」

「叔叔，雖然我記不太清楚，但蔡非盧刑警好像在懷疑金範鎮刑警？還有安刑警也是。凶手會是金刑警嗎？」

「有可能，但我能確定的是……」

我和素曇屏息，看著閔組長的嘴等他開口。

「能確定的是，凶手不是我。哈哈哈。現在相信我了嗎？」

「我從以前就……」

「最好是。我都知道。妳還在懷疑我。」

「我才沒有，叔叔！」

「看妳臉都紅了，哈哈，好啦我知道了。」

「真的沒有……。」

「對啊，大哥，不是那樣的。」

「好啦，我知道了。拚命解釋更可疑喔？哈哈哈。」

閔組長的笑容消失在嘴角，喝了一口咖啡。

「總之，金刑警和安刑警現在應該正在找始甫。聽好了，他們會不惜動用強硬手段，也要把你帶去見蔡非盧。現在這種情況，要是走到那一步會變得很危險。所以在你被帶走之前，我想先去見蔡非盧。」

「你要去見他？」

「嗯，看來他也想見我。至於你不管用任何藉口，你要避免和金刑警見面。不管發生什麼事都不可以，明白嗎？」

「明白。大哥，那你什麼時候去見他？」

「不如就現在吧？」

「現在？喔？」

「嚇我一跳！」

「有這麼驚訝嗎？你見到鬼了嗎？閔組長？」

「安……安刑警！」

第15話 祕密接頭

「安刑警，你從什麼時候在這裡的？」

「這重要嗎？」

安刑警表情平靜地說道。

「我知道了。安刑警，帶我走吧。不關始甫和素曇的事，是我……」

「安刑警，叔叔不是殺我爸的凶手。」

聽到素曇身為受害者遺屬卻說出這種話，安刑警驚訝地說道：

「啊？姜素曇小姐，妳這是什麼意思？」

「安刑警，先坐下吧，其他人都在看。」

安刑警聽了閔組長的話，眼神掃過周圍，安靜地坐了下來。

「安刑警，只有你一個人嗎？還是現在外面……」

「不，只有我一個。我剛才就看到組長你在咖啡廳。」

「是嗎？那……」

「組長，現在去自首吧，我會幫你的。」

「自首？」

閔組長看向我和素曇。

「我想和安刑警私下聊……可以嗎？」

我不知該不該起身，正猶豫之際，安刑警補充道：

「南始甫先生，姜素曇小姐，你們不用擔心，可以迴避一下嗎？」

「沒關係，你們拿著咖啡去那邊等著。」

「始甫哥，走吧。」

素曇對著我搖了搖頭，拉住我的手臂。

「那麼……你們聊，我們會在那邊，大哥。」

「閔組長，他們叫你大哥、叔叔，看起來感情很好。」

「什麼？喔，安刑警，不，敏浩，你也喊我大哥吧。」

素曇和我坐在離安刑警和閔組長稍遠的位子。

我們現在的位置聽不見兩人的對話，我緊盯著他們以防萬一。安刑警和蔡非盧警正不是一伙的嗎？我還以為他會馬上逮捕閔組長，沒想到還坐下來和閔組長說話。

我焦急得頭痛，素曇卻若無其事地坐著喝咖啡，搞不懂她怎麼能如此冷靜。

我氣呼呼地看著她，她好像沒察覺我的意思，笑著對我說：

「始甫哥，幹嘛擔心，喝咖啡吧。」

「妳不擔心嗎？」

「擔心能解決問題嗎？先喝咖啡等一下吧。要是會有什麼事早就發生了，不是嗎？安刑警本來就知道我們在咖啡廳，要抓人早就通知警察來抓了。」

「話是這麼說沒錯，但誰也不知道會發生什麼事，我們應該有心理準備，要是他想逮捕閔組長，我們得阻止才行……。而且我們又不知道他們在說什麼。以防萬一……」

「我知道，所以我正在錄音。」

「現在嗎？」

「賓果！我的手機在哪裡呀？就在剛剛那個座位的椅子上。所以，不需要好奇，放心喝咖啡吧。」

的確。就像素曇說的，安刑警要是想逮人早就動手了。但也不能排除他是故意的，想和金刑警一起探閔組長的底，還是說……他認為金刑警才是兇手？不，他也許是想再次確認閔組長是不是真兇。

「始甫哥！安刑警站起來了。啊，他朝這裡走過來了！」

「對，對耶。」

我表情僵硬地盯著安刑警。

「什麼？喔，好的……。」

「姜素曇小姐，南始甫先生，你們行動要盡量低調，還有閔宇直組長就拜託你們了。我先走了。」

我茫然看著安刑警離去的背影。他一離開，我和素曇七嘴八舌討論起來。

「怎麼回事？素曇，安刑警是在擔心我們嗎？」

「好像是，而且他說『閔宇直組長就拜託你們了』，我有聽錯嗎？」

「沒有，那安刑警是站在我們這一邊的？他相信大哥？」

「是吧？哈哈。」

「喔，大哥！」

就在素雲飛快起身，四處張望的時候，閔組長拿出手機說：

「找這個？」

「啊……是的，我忘了拿走。」

「拿去，收好。」

「大哥，我們現在去哪裡？」

「回千戶。」

「這麼早？我們是不是應該再多調查一下蔡警正和金刑警？」

「你和安刑警說了什麼？」

「回去再說。以防萬一，先出去吧。」

素雲驚訝地看向我。

「大哥，你不相信安刑警嗎？你覺得警察會來這裡？」

「嗯，對，所以我們先換個地方。」

我們到了飯店的地下停車場，但在我們租的汽車前停著警車，看來警察好像發現了我們的行蹤。我們趕忙在警察還沒察覺之前，坐上計程車離開飯店。

在回千戶洞住處的路上，計程車司機不停偷看我們，貌似認出了閔組長。閔組長說也許人多的地方更不容易被發現，於是我們提前在鐘路三街附近下了車，走進了鐘路三街的商圈。

「大哥，你跟安刑警說了什麼？」

「沒什麼。他勸我自首，說蔡非盧想見我，他會再通知我時間和地點，然後要了我的聯絡方式。」

「所以呢？你給他聯絡方式了？」

「沒有。我叫他打到始甫手機。抱歉。」

「不會，這樣很好。我還以為你給了他那個手機號碼……。」

「始甫哥！叔叔是刑警，怎麼會那麼傻。」

「是啊，嘿嘿，是我擔心過了頭。」

閔組長笑著說：

「素曇，不要這樣對他啦，妳最近突然對他很嚴格耶，哈哈。始甫已經逃不出妳的手掌心了嗎？」

「才不是，叔叔，我哪有什麼嚴不嚴格……。」

「知道了，哈哈，開玩笑的，哈哈哈。」

我們談笑之間，很快地走到地鐵站入口，我突然看到一個孩子倒在斑馬線前的人行道上，頭髮被鮮血浸濕，更可怕的是孩子的一條腿硬生生地折斷。在離孩子不到一公尺遠的地方還躺了兩個成年人，鮮血正沿著斑馬線流動。

我被屍體嚇到目瞪口呆，無法動彈，不敢再往前走。就連「啊」的叫聲也發不出來，渾身顫抖。我站在原地看了好一陣子，周邊的人們漠不關心地在屍體旁來來去去。

那一刻，原本嘈雜的環境瞬間安靜了。有人搖晃著我說了些什麼，但是我卻聽不見。

「南始甫，你還好嗎？怎麼了？南始甫！你有聽見我說話嗎？」

「怎麼了？始甫哥，發生什麼事？」

我的視線越來越模糊，頭腦卻變得越來越清醒。太怪了。按理來說，我應該感到頭暈或頭痛，但這次卻沒有，只有眼前的景象變得越來越糊。

然而，又突然在某一瞬間，我的視線恢復清晰，周圍的聲音也一下子灌入耳中。

「啊……等等，等一下。」

「始甫哥！你沒事嗎？怎麼了？」

「讓我先靜一下……放手！拜託！」

「素曇，他會沒事的，先讓他自己靜一靜。」

我承受不住如潮水般湧來的情緒和感受，放聲大吼，素曇和閔組長都向後退了一步。

我無故地流下眼淚，淚水流下的瞬間，所有的聲音都無比清晰。我又經歷了神奇的現象。那孩子和兩名大人的屍體是又一次的超自然現象嗎？

那孩子的眼睛一閃一閃地，我走近看他的眼睛，看見了陽光反射下的卡車前座玻璃。是被卡車撞死的嗎？那後面那對男女也是……。

「始甫，發生了什麼事？你現在好多了嗎？」

我把擔心的素曇和閔組長拋在身後，走向那對男女的屍體。心急的我想用跑的，身體卻不聽使喚。我吃力地拖著步伐走了過去。

我先走近了男人的屍體，看了看他的眼睛。我想得沒錯，男人的眼睛裡也出現了大型卡車上握著方向盤的司機。我想再看看躺在旁邊的女人屍體，但她的眼睛閉上了。既然他們躺在一起，無疑是一起被車撞死的。

兩具屍體都慘不忍睹。似乎是一場意外，大概是他們在人行道上等紅燈時，一輛卡車衝進了人行道。

「始甫，你看見了什麼嗎？」

「難道……這裡有屍體？不，屍體的幻影……？」

「是嗎？可是你在看什麼看得這麼仔細？」

「大哥……這裡有一對被卡車撞死的男女。你們看不見吧？只有我看到對吧？」

「真的嗎？我沒看見任何人。」

「是嗎？但我看得見。太可怕了，所以……我才哭了。」

「你還好嗎？始甫？」

我稍微喘了口氣，說道：

「現在沒事了。素曇，能記下這個地點和現在的時間嗎？存在妳的手機裡。」

「好，知道了，我來記。」

我閉上眼睛又睜開，試圖打起精神，看著閔組長。

「大哥，我現在要去鷺梁津站，我自己去。」

「為什麼是鷺梁津站？不，要去一起去，不過鷺梁津站……你可以嗎？」

「我沒事。就算又會暈倒，我覺得我也應該去看看。」

「有什麼要看的嗎？」

「我的眼睛。我想知道我的眼睛裡會有什麼。」

「眼睛……。」

閔組長和素曇聽了我的話，一時不知道該說什麼。

「知道了，你先去吧。但這裡真的死了兩個人？」

「對，還有小孩。」

「什麼？你怎麼知道是被卡車撞死的？有看見卡車嗎？」

「他們的眼睛裡有反映出來。」

閔組長回想了一下，說道：

「你不是說你在延佑眼裡看見了蔡非盧？這樣的話……。」

「對，到目前為止，我只是模糊地猜測眼睛裡的殘影是和案件有關的畫面，但從這些屍體來看，也許是造成死者死亡的直接原因。如果在李延佑警衛眼中看見的人真的是蔡非盧組長的話……他有可能就是殺害李延佑警衛的犯人。」

「你真的這麼想？」

「假如這些屍體的眼睛裡看見的，是事實的話。」

「但你必須知道，即使你看到的是真的，也沒辦法成為證據。因為只有你看得到，無法證明。」

「是的，我知道。」

「好……。既然我們已經找到了主嫌，剩下的就是找出物證，是吧？」

「我也不確定，但是希望如此。這就是為什麼我想親眼再確認一次。」

閔組長擔心地看著我，開口問道：

「不過始甫，你……只是單純看見屍體嗎？像剛才也是，每次你看見屍體都會很痛苦，失去理智甚至昏倒。這會不會是某種危險的徵兆，在提醒你……。我這麼問沒別的意思，是擔心你。」

「叔叔，不要嘴上說擔心，又一邊嚇唬人。」

「素曇，不要這樣，我沒事。」

「啊，抱歉，我不是那個意思，只是擔心……」

「不，我真的沒事，大哥為什麼要道歉，都別說了，快走吧。」

我裝作若無其事說沒關係，但閔組長的話在耳邊揮散不去。只有我看得見的超自然現象真的是在對我示警嗎？這麼一想，我的屍體和其他屍體不同，看不見任何血跡，而且完好無缺。難道我是因為身體出現異狀才死的嗎？

在我陷入腦中的萬千思緒之際，地鐵正開向鷺梁津站。在這段前往鷺梁津站的路上，我們誰都沒開口說話。

「始甫哥，就快到了，你真的沒關係嗎？」

「我沒事，不用擔心。」

我們下了車，閔組長走到素雲身邊，小心翼翼地說：

「素雲，不要擔心。還有我剛才的意思是……」

「沒關係，我沒放在心上，所以不要再道歉了。」

「喔，好，知道了。要往哪邊走？」

閔組長一時迷失方向，茫然環顧周遭。我走到他身旁說：

「大哥，是那邊，你怎麼突然這樣？」

「唉，那個……」

「我好像知道你想說什麼。」

「是吧？始甫，你懂吧？」

這時候，站在身後的素雲鬧脾氣嘟嘴說：

「你們兩個在開心什麼？」

「沒有，素雲，沒事。」

我們若無其事地分開，各自看向別的地方。

在穿過月台，走向我屍體所在的地方之前，我先來到了閔組長屍體躺著的長椅前。當時太震驚了，沒能仔細觀察屍體。當我閉眼回想閔組長的屍體，原本模糊的命案現場逐漸變得清晰。原先很擔心，但這次也很幸運地沒感覺到任何疼痛。

我走近屍體仔細打量，血從左小腿的小洞噴湧而出，子彈準確地穿透了心臟，滿地鮮血。這時候，屍體的幻影突然變得模糊，又轉為鮮明，這一陣天旋地轉害得我頭暈目眩。

「始甫，這裡怎麼了嗎？不是在那邊的樓梯嗎？」

「呃呃……。」

閔組長一走近，我的頭就開始劇痛。只見疼痛感沒有減緩的趨勢，我用手捂住頭說道：

「等一下……。大哥，我沒事，你先走吧……是那邊的樓梯，拜託你們過去！」

「始甫哥！你怎麼了？」

「知道了，素曇，他會沒事的，我們快走吧。」

和閔組長拉開一段距離後，疼痛馬上消失，腦袋也逐漸恢復清醒。親身體驗過這種事，更加覺得不可思議。

難道剛才屍體幻影突然消失又出現，也是因為閔組長靠近的關係嗎？過去沒有遇過這種事……啊，現在不是想這個的時候，得趕緊看看閔組長的眼睛。

我靠近屍體的幻影看向瞳孔，眼中的那個人戴著眼鏡。啊，原來是這樣我才認不出來。眼中的人是側站，所以看不清楚。角度巧妙地看不到蔡非盧警正下巴上的痣，加上李延佑警衛眼中看見的那個男人沒戴眼鏡，因此才沒能馬上認出來。那麼真的是蔡非盧警正殺了閔組長嗎？沒錯！閔組長說他最近會去和蔡非盧警正見面。現在終於感覺到拼圖碎片開始連結。那麼，只要阻止閔組長去見蔡非盧警正就行了嗎？還是要在這裡直接救閔組長？

有人將手放在我的背上，我挺直了背回頭看。是素曇。

「始甫哥，你還好嗎？」

「喔，素曇。」

「就是這裡嗎？」

「啊……對，沒錯，就是這裡。」

「原來如此……。叔叔去買飲料，所以我過來看一下。」

我點點頭，深吸一口氣。

「你還要繼續待著嗎？」

「不，我看完了，現在輪到看我的屍體了，呼！」

「你真的可以嗎？」

「不可以也得看。」

這次換素曇點頭，沒說話。

「去找大哥吧。啊，請對大哥保密，好嗎？」

「那個……始甫哥，那個……」

閔組長拿著飲料走向我們，問道：

「你們甩開我，在這裡做什麼？」

閔組長用狐疑的眼神問道：

「你剛才彎下腰看見了什麼？其他的屍體嗎？」

「什麼？沒有，不是。」

「不是什麼？剛才在鐘路也是這樣，這次又怎麼了？」

「始甫哥！沒關係，為什麼要保密，就說吧……」

「素曇！」

「什麼意思？怎麼回事？」

「不是啊，有小狗死了為什麼不說？始甫哥你還真好笑，對吧，叔叔？」

「什麼？有小狗死了嗎？不對，應該是之後會死的小狗？這有什麼不能說的……。不管怎樣，還好不是又死了人。怎樣？要記下現在的時間和地點嗎？」

「當然了，始甫哥，我存在手機裡，這樣行了吧？」

我瞬間放下心來，吞了吞口水說道：

「哈哈……素曇，謝了。我們去樓梯那邊吧。」

「你真的沒事？」

「當然了，我沒事。」

正如素曇和閔組長的擔憂，我其實非常「有事」。要看自己的屍體怎麼可能會沒事？

更令我不安的是要確認自己是怎麼死的，是像閔組長一樣中槍嗎？還是從樓梯跌下來摔死的？若像閔組長所言，每次看見屍體時感到的疼痛是死因的話……。如果真的是這樣，那我是救不了自己的。

我緩慢地爬上樓梯，冷汗不停從臉龐滑下，身體不由自主地顫抖起來。都這樣了還嘴硬說沒關係，真是可笑。現在可不是耍帥，裝沒事的時候，現在的我明明可以依靠他人，我對愚蠢的自己感到失望。越接近我的屍體，我的雙腿就越無力，冷汗從帽子和頭的縫隙間，順著脖子流了下來。

其他的屍體要走到屍體躺著的地方回想才會出現，但這次不一樣，一走到附近我的屍體就出現了。在快要走到屍體所在之處時，我已經沒有力氣站立，只好跪在地上，再這樣下去，說不定我又會暈倒。我想著至少在暈倒前也要看一眼，爬到了屍體前，如果有人看見我現在的模樣，肯定會以為我是個瘋子。

我的視線從腳一路延伸到胸口，最後停在臉上。我仔細觀察著死去的自己，有種奇妙的感覺。當我想看眼中殘影時，視線突然變得白濛濛一片，幾乎要暈了過去。

「始甫哥！」

「這樣下去不行，快把他抬到我背上！南始甫！保持清醒！」

我聽見素曇和閔組長焦急的叫喊聲。

但我沒有昏倒，也沒有感到有任何疼痛。各種眼花撩亂的景象在我眼前反覆出現又消失，我看見了像穿著古代君王九龍袍的人，也看見了像戰場的地方……這是超自然現象嗎？感覺很熟悉……是前世嗎？或只是幻影？我現在是睜開眼睛的嗎？

「素曇！不要哭了，做人工呼吸！立刻做人工呼吸！始甫，你不能昏過去！保持清醒！」

在我正好在回想的時候，突然一股風吹進嘴裡，空氣湧入肺中。

「咳！咳、咳、咳……。」

我吐出堵在喉嚨的空氣，奮力睜開了眼，看見閔組長滿頭大汗按壓我的胸口，正在做心肺復甦術。

「始甫哥！」

「喔！有呼吸了！呼，沒事了，救回來了，始甫啊……。你看得見我嗎？」

「咳、咳……這裡是哪裡？」

「還能是哪裡，在地鐵站呀。喂！我還以為你真的會死。等救護車來，我們先去醫院。」

「不，不行，等一下。」

「始甫哥，不可以！不要再看了好嗎？」

「是啊，始甫，先休息去一趟醫院……。」

「現在一定要看，我得再看一次！」

我的瞳孔裡的確出現了某人的殘影，即使會昏迷送醫，我也得要看清楚。

「真是固執……那我和你一起去。來，抓著我的手臂，抓緊了。救護車來了的話就要馬上去醫院，知道嗎？」

我抓住閔組長的手臂站起來，在他的攙扶下好不容易走到屍體躺著的地方，我依舊全身出汗，腿不停顫抖。

「呃啊！」

我呻吟出聲，抱住頭癱坐在地。

「始甫！你沒事吧？啊？」

「呃呃……為什麼那裡……」

是夢嗎？我還在作夢嗎？為什麼我的眼裡……。不，不可能，這全是夢，快從夢中醒來吧，只要醒來一切都會沒事的。

「你究竟看見了什麼？那裡有什麼？」

「始甫哥，你還好嗎？」

我無法發出一字一句。

「叔叔，救護人員來了。」

在閔組長的攙扶下，我好不容易坐起身。頭腦無比清醒，卻連一根手指都動不了，我無法逃離這裡。

我調整呼吸，在眼睛無力睜開的狀態下，要求閔組長和素曇讓救護人員離開，不出所料被他們強烈反對，但看到我崩潰，放聲尖叫的模樣，他們無可奈何地答應我的要求。

素曇離開去告知救護人員時，閔組長靜靜地凝視我的眼睛，開口問道：

「始甫，你好點了嗎？你剛才看到了什麼？」

「沒有，沒什麼……」

「不可能，你到底怎麼了？」

「我就說沒有！拜託不要問了！」

面對無法理解的情況，我不自覺地大發脾氣。閔組長驚訝地合不攏嘴，只能盯著我看。

「什麼都……沒有，組長。」

「嗯……。好，知道了。」

「啊……對不起。我不小心發脾氣……。」

「不會，沒關係。」

「怎麼了？發生了什麼事？」

素曇回來坐在我身邊問。

「沒什麼，沒事。救護人員呢？」

「我解釋完狀況後請他們離開了。」

「辛苦妳了。」

「我的腿沒力氣，先這樣坐一下。」

「好，你休息一下吧，我去接個電話。」

等閔組長離開得夠遠，素曇小心翼翼地問：

「始甫哥，你和叔叔吵架了嗎？」

「怎麼可能吵架，我和組長又不是朋友關係。」

「我聽到你生氣了，還有叔叔的表情也很不好看，而且你剛才沒有稱呼他大哥，而是叫他組長。」

「啊……那是因為……。唉，我不由自主地對組長發了脾氣。」

「為什麼？發生了什麼事？」

「素曇，該怎麼辦才好？」

「到底什麼事？」

「呼……。」

我深呼吸後，小心翼翼地說：

「我看到大哥了……在我的眼睛裡。」

「什麼？閔宇直組長嗎？不會吧，真的嗎？那麼叔叔……。」

「不知道。我原本以為從屍體眼中看見的人都是嫌犯，或是和死因有關的人，但是大哥卻莫名其妙地……」

素曇突然抓住我的手臂，皺著眉對我搖頭，我回頭一看，閔組長講完電話回來了。

「始甫，現在感覺如何？」

「比剛才好多了。」

「那就好，崔刑警要和我見個面。我現在就要過去，你們先回千戶。」

「一起去吧，以免有什麼萬一。」

「始甫哥，別擔心了，我們先回千戶吧，閔組長可是刑警！」

「素曇說的沒錯。你整天喊我大哥、大哥的，似乎忘記我是個刑警。哈哈，真是愛操心。我不會有事的。」

「可是……你和崔刑警約在哪裡見面？」

「前面的公園，死六臣公園。」

「哎喲，我們快走吧。叔叔，晚點千戶見，凡事小心。」

「好，你們路上小心。」

我們和閔組長分開後，換了個地方等地鐵。

「始甫哥，叔叔和崔刑警見面，你為什麼要跟著去？你不是說在眼睛裡看見叔叔嗎？」

「所以我才要去。如果大哥真的和我的死有關，我想知道他見崔刑警時都說了什麼，也想確認他是不是真的約了崔刑警，只剩下一天了……。」

「事情真的會發生在你見到屍體的一個禮拜後嗎？」

「我也不確定，所以才更焦慮。我看到妳的屍體一個星期後救了妳。李真成和李延佑警衛的案子也是發生在一星期後。所以我才認為七天是一個週期……。我也不知道對不對。」

「為什麼？為什麼不知道？」

「我有說過嗎？我在高中時也看到過屍體。根據我當時的記憶，距離發生的時間好像比一個星期長，又好像更短。」

「但你救我那次，和最近的命案都是一星期。」

「對，所以明天午夜……」

突然有個念頭閃過腦海，我止住話。

「怎麼了？」

「素曇，妳能自己先回千戶嗎？」

「什麼？那你呢？」

「我要跟著大哥去看看。」

「那就一起去。」

「不，妳可能會遇到危險，妳先回去吧。」

「不要，要去就一起去。」

素曇挽住我的手臂，緊緊貼著我。我邊拉開她的手臂邊說：

「那妳在這裡等，我只是去看一下他是不是真的要跟崔刑警見面。」

「有必要這樣嗎？只要打給崔刑警就知道了，不是嗎？」

「不行，誰知道會不會……。反正不行，我馬上就回來，有事電話聯絡，知道嗎？」

「好吧，始甫哥，你要小心喔。」

懷疑閔組長讓我感到困惑也很難受，一開始我也懷疑過他，但隨著時間過去，我相信他是被冤枉的。然而如今信任的閔組長卻可能是殺了我的……光想像就很絕望。雖說我相信閔組長，卻只能跟蹤他來確認實情，這讓我感到很痛苦，也很慚愧。

我走出地鐵站，斗大的雨點一顆顆落下，看來早上雨還沒下夠，要買把傘嗎？我猶豫了一下，又覺得買雨傘的時間很浪費，索性直接去了公車站。

沒幾站就到了死六臣公園前，幸好雨勢漸弱幾乎要停了。我仔細看公園入口右側的綜合導覽圖，地圖上的「義節祠」映入眼簾，我用手機拍下導覽圖後，不假思索地前往義節祠。

跑了好一陣子，我看見了像是導覽圖上標示的「不二門」的屋瓦和大門，圖上指示經過這扇門就是義節祠了。

我用手撐著腰，喘了口氣，深怕晚到正想趕快繼續往上前進時，右邊樹林忽然傳來了沙沙聲。傍晚時分仍有微弱的陽光照射，但樹林的陰影遮蔽視線，什麼也看不到，我不禁感到毛骨悚然。雖然提心吊膽，卻燃起了沒必要的好奇心，想一探究竟。我猶豫片刻還是按捺不住好奇，轉身走向樹林。

我走進了樹林，腳下傳來「啪嚓」樹枝被踩斷的聲音，接著前方也傳來踩踏枯葉與樹枝的沙沙聲響。當我朝著發出聲音的方向看時，有個人影突然站起來，轉身就跑。當那個人被路燈微弱光線照到的瞬間，我認出了他是誰。那個人的穿著和模樣正是閔組長。我趕忙著跟了上去，在後方高喊閔組長，但他已經不知去向。難道不是他？

我正打算放棄繼續追要回頭時，又看見樹林邊緣有一團黑色物體。我驚訝地靠近，一看清楚究竟為何物後頓時跌坐在地。

是一名昏倒在地的男人。不，雖然沒有確認，但看那個模樣，他已經死了。又是超自然現象嗎？

我好不容易打起精神，再次走近，端詳那名男子的臉。我全身顫抖，這次的顫抖卻與先前有些不同。

「天啊……。」

我看見那名男子的臉，瞬間驚嚇地用手捂住了嘴，他不是別人，就是崔宇植刑警。不止李警衛、閔組長，就連崔刑警……。崔刑警真的也會死嗎？我想看一下崔刑警的眼睛，但他睜著的眼睛只看得見眼白。從脖子上清晰可見的痕跡可以判斷他是被勒死的。

在我呆站在原地，反覆思索眼前的景象時，突然聽見樹林下方傳來鬧哄哄的聲音。是許多雙皮鞋的奔跑聲，有人，不，是有很多人正朝著這裡跑來。

「唔！」

「噓！安靜。」

突然之間，有人捂住我的嘴，將我往後拉，我的雙手被對方壓制住，連掙扎的時間都沒有，我試圖用腳和身體反抗，但卻一點用都沒有。難道我會死在這裡？地點不一樣，而且明明還有一天的時間。還是說，我在這裡被綁架，明天會被殺嗎……？不，不可能！

各種不祥的念頭令我焦躁不安，這時捂住我嘴巴的手放開了，傳來了一個低沉的聲音。

「南始甫先生，安靜。我是安敏浩刑警，嚇到了吧？」

「……。」

我滿臉恐懼地回頭。

「嚇壞你了吧，很抱歉。」

「請……請饒了我，安刑警，我……」

「不是的，不是你想的那樣。」

「什麼？那……」

「等等！噓！」

一直很平靜的安刑警迅速打斷我的話，做了手勢要我安靜。有幾名看似刑警的男人跑向這裡。

「看到了！在那裡！」

「人在哪？快追！」

「是！」

那群刑警似乎發現了逃跑的閔組長，追著他離去了。其他警察和刑警開始搜查周遭。

「組長！這裡有具屍體！」

「什麼？他……他不是銅雀警局的崔友植刑警嗎？」

「是的，組長，請看他的脖子。」

「可惡！閔宇直那傢伙……快派鑑識小組過來，不要破壞現場！」

屍體？什麼意思？我露出疑惑的表情看著安刑警，問道：

「那個……」

「噓！請安靜地跟我來。」

安刑警果斷地低聲說道，接著朝樹林外圍走去。

我的心情混亂無比，彷彿被誰用棍子狂毆了後腦杓似地，遲遲回不了神。安刑警看不下去，拉住我的手臂，再次指示我跟著他走，我才勉強挪動像是黏在地面上的雙腿。

「你沒事嗎？」

「什麼？沒事，可是……」

「會嚇到也是當然，畢竟看見了死人……」

「死人？安刑警，他真的死了嗎？那不……不是崔友植刑警吧？」

「南始甫先生，我能理解你現在的心情，但現在請冷靜聽我說，那是崔警衛沒錯。你剛剛看到的是他的屍體。」

「那是真的……。所以那不是幻影，是真的屍體嗎？」

「啊，所以你才會有這種反應。我聽說過你能看見將死之人的屍體……。但你剛才看見的崔警衛並不是幻影。這裡很危險，你先到別的地方躲起來。知道嗎？如果你繼續待在這裡，可能會被誤會。」

「喔……謝謝，感謝你的幫忙，安刑警。」

「不客氣。沒時間多說了，到這裡就分開走吧。」

「不過剛才……」

「公園入口很危險，往那邊的後面走可以通往大馬路，從那裡出去吧，慢走。」

我想問清楚眼前這難以理解的情況，但安刑警已朝著閔組長逃跑的方向奔去。剛才那個人是閔組長沒錯……。不過，安刑警為什麼會出現在這裡？又為什麼要幫我？警察又是怎麼知道的……？難道是閔組長殺了崔刑警嗎？

「啊，素曇。」

這樣下去，素曇可能也會有危險，我立刻打給她，電話那頭傳來她問我什麼時候回去的開朗嗓音，我鬆了一口氣。幸好她平安無事，但還不能完全放下戒心。

我一掛斷電話就朝安刑警告訴我的方向跑，攔了輛計程車到了地鐵站後，我飛快跑下樓梯，正要衝向月台之際又趕忙停下腳步。我著急著想快點見到素曇，以致於忘記這裡就是我屍體所在的地方。但這次我的眼前沒有變得模糊，也感覺不到疼痛，最重要的是，我沒看到我的屍體。真奇怪。之前不用刻意回想就會直接出現在眼前啊……。沒時間再多想了，我繼續往前跑。

我走下地鐵站的樓梯，素曇已經等在那裡。

「始甫哥！你還好嗎？我很擔心，所以先來等了。」

「是嗎？果然全天下最關心我的就是妳了。」

「還能開玩笑，看來是沒事。」

素曇微笑說道。

「我沒有在開玩笑，是真心的，妳一個人很害怕吧？」

「對，所以我一直盯著樓梯等你出現。」

「對不起，讓妳久等了。嗯……但我又得再跟妳道一次歉了，我現在要去一趟補習班。」

「為什麼要去補習班？」

「我想確認一下我還能不能看見妳。邊走邊解釋吧。」

我和素曇一起走上了地鐵站的樓梯。

素曇擔心地觀察我的表情，嘴上邊碎唸我既然要上來，為什麼還要先跑下月台。我的屍體雖然還沒出現，但當我靠近那裡，屍體的輪廓就開始慢慢現形，只不過這次我的視線依然清晰，頭也不痛。

我們離開了地鐵站，走向附近的公車站。

「你是想去補習班確認能不能看到我的屍體吧？」

「嗯，對，妳怎麼知道？」

「雖然不知道來龍去脈，但現在已經能大概猜出來。比起這個，公園那邊還好嗎？」

「喔……那個……。」

我猶豫著該怎麼說，素雲驚訝地看著我。

「我在公園裡看見崔刑警……死了。」

「什麼？崔刑警之後也會死嗎？」

「不，不是之後……我一開始也以為是幻影，但是那是真的屍體。」

「天啊，該怎麼辦……我們現在做的是對的嗎？叔叔不是說要去見崔刑警？」

「對。」

「那叔叔呢？他還好嗎？」

「嗯，幸好他逃走了。」

「難不成……殺死崔刑警的凶手也想對叔叔下手？你有看到凶手是誰嗎？」

「崔刑警死在了大哥出現的……不，沒事，我沒有看到凶手。其實我也沒看到大哥，不太確定……。

而且之後警察突然出現，是安刑警救了我。」

「安刑警？這麼說來，安刑警真的是站在我們這邊的吧。」

幸好公車上人不多，還有許多空位。素曇坐到了窗邊，我與她並肩坐下，不由自主嘆了口氣。不知道是否要誠實說出關於閔組長的事。

「始甫哥，你提起安刑警我才想到，我們還有錄音啊。閔組長和安刑警在飯店對話的錄音。」

「啊，對，我都忘了，有錄進去嗎？」

「一起聽吧，說不定有錄成功。」

我正要把素曇遞過來的耳機戴上，眼前出現補習班附近的公車站。

「啊，我們該下車了，妳先聽。」

我們下了車，朝著補習班正門走去，素曇一言不發地專心聽著錄音內容。我確認她還走在後頭，就先從補習班後門進入，來到了戶外休息室。

因為是週末，大樓內很冷清，我在附近繞了一圈後立刻走向之前素曇屍體躺的地方。然而那裡什麼也沒有，我閉上眼睛回想，屍體仍然沒有出現。

活下來沒死的人，屍體就不會像超自然現象般出現。

那麼我的屍體一開始看不見，後來又慢慢出現輪廓是怎麼一回事？莫非我一度死裡逃生，可是之後又死了嗎？

無從解釋的情況實在是太鬱悶了，我抓了抓頭髮。太久沒來補習班，好想念投幣式咖啡的味道，我走向販賣機，打算順便也幫素曇買一杯時，後腦杓突如其來傳來一陣劇痛，難不成……。那時候，我也是拿起咖啡喝了一口之後，轉身看到了素雲的屍體……。

我吞了吞口水，遲疑片刻後小心翼翼地轉身。

「呃啊！」

素雲拿著手機站在我身後看著我，我嚇得差點將手中的紙杯掉到地上。

「幹嘛嚇成這樣？」

「啊，素雲……妳也出點聲音……。」

「啊，抱歉。因為聽不到錄音內容，我重聽了好幾次。」

「沒錄成功嗎？」

「對啊，都沒錄到，我有聽到最後但什麼都沒有，你要聽聽看嗎？」

「唔，妳都聽不到了，那我更不可能聽到，哈哈。」

素雲像孩子一樣開心笑著，收起耳機問道：

「始甫哥，你不餓嗎？」

「啊，都這麼晚了……但我們不能待在這附近太久，要不要回千戶？」

「好，我們回那裡再吃晚餐吧。」

我們正打算離開補習班，素雲突然睜大眼睛問我：

「啊！你有看見嗎？」

「什麼？」

「我啊，我！」

「沒有，我沒看見。也許是因為妳有活下來，所以才看不到了。」

「原來是這樣，太好了。」

素雲滿意地笑著點點頭。

我們走到了大馬路旁，路上看不見任何計程車的蹤影，正在苦惱時，素雲的手機響了。

「始甫哥，是叔叔打來的。」

「大哥嗎？為什麼要打給妳……？先接吧。」

「喂？」

「素雲，是我，宇直叔叔。妳現在在哪裡？有和始甫在一起嗎？」

「有，我們有在一起。組長你在哪裡？還好嗎？」

「嗯，我沒事，始甫不接電話，我才打給妳。我今天大概回不去了。」

「你不回千戶嗎？你人在哪裡？」

「抱歉，細節明天再……」

「大哥！我是始甫，你現在在哪裡？你見過崔刑警了嗎？」

「什麼？喔，我沒見到崔刑警，所以還不能回去，你先和素雲回千戶。」

「你沒見到崔刑警？」

「對，我不方便久聊，下次再說。你怎麼不接電話？隨時留意電話，你們回千戶洞的路上也要小心，現在到處都是警察。有聽到嗎？先這樣。」

「那個，大哥！大哥？」

嘟、嘟。

「掛斷了？始甫哥，叔叔好像不知道崔刑警死了。」

「大哥人明明就在崔刑警倒下的地方，怎麼會不知……啊！不是……」

「這話是什麼意思？叔叔也在場嗎？你剛才不是說你沒見到他。」

「喔……那個是……我也不清楚，雖然看到了，但那人好像是大哥，又好像不是。」

「你是不是搞錯了，其實是看到殺崔刑警的凶手？」

我仔細回想，崔刑警身旁的人擺明是閔組長，他看見我走過來就慌張逃跑……。當時天色暗歸暗，但路燈下的背影的確就是閔組長，無論外表、體型，甚至衣著都和在鷺梁津站分開時的閔組長如出一轍，要說是相似的人太牽強。

「也許吧。可能是我看錯了。」

「是吧？應該是認錯人了吧？」

「對，沒錯，我們先回千戶吧。沒計程車，要不要搭地鐵？」

「地鐵嗎？這樣又會經過那裡……啊，不然我們搭公車去九號線吧，怎麼樣？」

「喔？可以啊。」

「不過，叔叔會不會出什麼事呢？」

「不知道……。他說會再聯絡我們，就等等看吧。」

在開往九號線鷺梁津站的公車上，我試著回想發現崔刑警的情景。我當時以為是又看到超自然現象，但是從崔刑警屍體的眼中什麼都沒看見，正覺得很奇怪……。然後，安刑警突然把我拖走了。

我又繼續回溯比這更之前的記憶。我先聽見了沙沙的腳步聲，有人從倒下的崔刑警身邊站起，回頭看了我站的地方然後像是逃跑一樣轉身奔跑。雖然當時很暗，但在微弱的路燈光線下，那個人的穿著和身形的確是閔組長。

可是，閔組長說自己沒見到崔刑警，真的是我看錯嗎？閔組長說今天不回千戶住處，如果明天閔組長會死在鷺梁津站，代表他死的時候穿著會和今天一樣。既然如此，只要回想一下我看見的閔組長屍體穿什麼就行了吧。但是無論我如何絞盡腦汁就是想不起來。

「始甫哥！你在想什麼想到出神？快下車吧。」

「喔，好！抱歉，下車吧，下車。」

素曇抓住我的手，我來不及整理好思緒就被拉下了公車。

「你又在想什麼了？我叫你好幾聲都沒聽到。」

「是嗎？抱歉，素曇，我們不要去九號線，去一號線吧。」

「為什麼？可是一號線是……」

「我想去確認一下，別擔心，不會有事的。」

我們牽手走到了地鐵站，她手心傳來的溫暖，讓我的心情平靜了一些。

我們走過驗票閘門時鬆開了手，走向月台。離看見屍體的地點越來越近，我的腳步不自覺地緩了下來，害怕再次出現異常症狀。素曇看了眼表情嚴肅的我，等通過閘門後又重新握緊我的手，對著我微笑。

不知道是素曇手心的熱氣還是她笑容的力量，當走到我屍體出現的地方時，我沒有感覺任何不舒服。更重要的是，我的屍體完全消失了，我什麼都沒看見。

「始甫哥，你還好嗎？」

「嗯，我沒事，我沒看見屍體……。可能是因為這樣，我現在也沒有不舒服。幸好有妳在我身邊，我才能保持冷靜，謝謝妳。」

「真的嗎？太好了。但為什麼看不見屍體了？是因為你不會死了？」

「如果是這樣就謝天謝地了，哈哈。」

素曇凝視著樓梯，像是下定了決心一樣，堅定地說：

「那我先走去月台，試試看要是我不在，你還會不會看見屍體，怎樣？」

「是實驗嗎？」

「確認一下總是比較好，也許是因為我在才看不見。」

說的有道理，說不定是因為有人在我旁邊，才沒辦法看見屍體。必須要確認所有的可能性。

「好，如果真的因為妳屍體才消失，那我以後天天都要巴著妳。」

我笑著說道，素曇也露出燦爛的笑容。

「那妳先去月台等我。」

「你要小心。」

雖然話說得輕鬆，但是當素曇走得越遠，我手心的冷汗冒得越厲害。我真的會再次看見屍體嗎？在我的眼睛看見之前，身體先有了反應。在我正因沒看見屍體而慶幸的時候，出乎意料地，屍體模糊的輪廓開始浮現。真的像素曇說的一樣，是因為她在我身邊才看不見的嗎？

「呃啊！」

我試著看我的屍體的眼睛，額頭上的傷口傳來劇痛。怎麼回事？我的眼睛裡，為什麼……為什麼不是閔組長……。

「始甫哥，你沒事嗎？始甫哥！」

「嗯，素曇……妳怎麼知道我……」

「我一直在注意你，我看見你突然跌坐在地上，就立刻跑來了。」

「我又昏倒了嗎？」

素曇緊握住我的手，搖頭道：

「沒有，你只是坐了下來。」

我抱緊頭，再次看向屍體出現的地方，然而剛才還看得見的屍體已經消失了。在意識到屍體消失的時候，頭上的疼痛感也迅速減輕。

「……看不見了。可能真的是因為妳，我才看不見屍體。」

「真的嗎？這其中到底有什麼關聯？」

「不知道……。我必須再看一下大哥的屍體。」

「現在嗎？要是你昏倒怎麼辦？你看你，已經滿頭大汗……。」

「我沒事，休息一下再過去。謝謝妳，素曇。」

「我們之間還有什麼好客氣的，不要一直說謝謝。」

「我們……。」

聽見她說「我們」，我不自覺地笑了出來。

「幹嘛笑？」

「沒有，只是……哈哈哈。」

我想忍耐，但終究還是藏不住笑意，笑得更大聲了。

「還笑得出來，應該是好一點了。」

「對，果然還是需要妳，多虧有妳在，哈哈。」

只要素曇在身邊就不會有異常症狀，甚至看不見自己的屍體。這一切與她究竟有什麼關聯呢？即使找到了一線希望，我也無法真心笑得開懷。

因為這次我在眼裡看見的不是閔組長，而是素曇。

我們起身，一起走到看見閔組長屍體的長椅前。在那裡，我試著回想卻也不見他的屍體出現。為了再次驗證，請素雲走遠一點，結果還是一樣。

「素雲！」

我揮手喊她，等了許久的她慌張跑向我。

「素雲，妳是不是……已經告訴大哥了？」

「什麼？啊……那個……」

「妳有告訴大哥，他明天會死在這裡，是嗎？」

「我以為你已經跟組長說了，昨天不小心說溜嘴……。」

「昨天嗎？」

「昨晚你先回房間後，我和叔叔在聊天，不小心說溜嘴，沒能瞞過去……。還有，剛剛和叔叔一起來這裡的時候，他也看出來這裡就是……」

「原來如此，所以才看不到大哥的屍體。」

「始甫哥，對不起，我應該更小心的……。」

我搖頭道：

「這也沒辦法。我應該早點告訴他的，是我不對。」

「什麼意思？」

「妳還記得嗎？如果告訴了當事人他會死的事，那麼他就不會在相同的時間和地點死去。我在思索避免死亡發生的方法時，想到可能得要像我之前救妳的狀況一樣，直接在即將發生的時間與地點救回死者才行，所以我才去補習班休息區確認。」

「所以……叔叔會死在別的地方嗎？」

「這也只是我的猜測，說不定是我搞錯了……。」

「始甫哥！那怎麼辦？都怪我……」

「不要太自責。也可能不是從我口中聽到，而是由妳來說大哥就能逃過一劫。就像剛才講的，沒有早點告訴他是我的錯。不過，就像妳現在活得好好的一樣，我們一定也能救回大哥，也救我自己一命，所以不要太擔心。」

素曇沮喪了片刻，立刻更仔細地詢問事情的經過，深怕我們遺漏了任何線索。我把過去發生的事情一一告訴她，多虧如此，我腦中的思緒也整理得更清楚了。

最後我告訴她，從我的屍體眼中看見的人影並非閔組長，而是她後，素曇的眼裡盈滿了淚水。

為了找出素曇與我看不見屍體的關聯性，我們也一起回想了之前在補習班發生的事，但沒有發現任何特別之處。

第16話

逃過死亡的方法

我們還沒得出任何結論，地鐵就抵達千戶站。

一走出千戶站，就看見好幾名正在進行盤查的警察，我們連忙回頭走下月台，再次搭上地鐵多坐了一站。這次下車的地方是之前從未來過的岩寺站。走出岩寺站時外面正下著雨，於是我們跑到附近商家的屋簷下躲雨。

「始甫哥，你的頭沒事嗎？」

「啊！」

我拿下淋濕的帽子，摸了摸額頭上的ＯＫ繃是否還黏著。

「我幫你看吧？」

「不用了，還黏著。」

「醫師到底是怎麼說的？」

「老實告訴妳吧，我在昏倒時撞傷了頭，到醫院做了電腦斷層掃描，醫師發現我的大腦和普通人有點不一樣，在枕葉與小腦之間有一個別人沒有的「小小腦」，不知道我之所以會看見屍體是不是因為這個。還有……」

「有可能，還有什麼？」

「沒什麼。我只是覺得我老是頭痛……會不會是因為那個小小腦受損了，或是它對大腦其他部分產生了影響……。」

「你該不會是想說，你會死是因為這個吧？」

我黯然地點了點頭。

「始甫哥，明天馬上去醫院吧。如果真是這樣，你應該去醫院檢查，要是大腦真的受損就必須馬上接受治療。檢查後若沒有異狀，明天我們在那個時間一起去鷺梁津站。」

「好，一起去醫院吧，但妳不能去鷺梁津站。不管大哥的死會不會成真，我們都不知道那裡會發生什麼事，太危險了。」

「為什麼只有我不行？那你也不能去！」

「反正那天我……好！我不去，行了吧？」

「什麼意思？你是想說反正怎樣都會死，所以沒差嗎？之前不是說過了，我會一直在你身邊，你救了我，現在輪到我救你。我話說在前頭，你休想阻止我。」

「唉，好啦……。我知道了，妳不要瞪我了啦，誰攔得住妳啊。」

「所以，答應我，絕對不可以自己一個人去。」

素曇伸出小指頭說道。

「知道了，打勾勾！」

雨勢比剛才小了不少，幸運的是，有輛計程車正好開了過來，我們才得以順利前往千戶洞。

為了以防萬一，我們打算讓計程車經過千戶洞住處再回頭。可是，車子一開進巷子裡，我們就看見撐著傘站在外頭的完久叔叔，我們連忙下了計程車跑向他。

「喔！始甫！你現在才回來？」

「抱歉，叔叔，我們太晚回來了。」

「沒關係，快進去，你爸打來了，他很擔心你，說你都不接電話。怎麼了嗎？」

「啊！我好像轉震動了。」

「吃過晚餐了嗎？」

「有，我們吃飽才回來。」

「好，快回電給你爸，他一定很擔心。」

「好的，謝謝。」

我趁素曇去洗澡的時候，到屋外打了通電話給老爸。閔組長現在在哪裡？雨下得這麼大……。

「爸！是我。」

「喔，沒事吧？怎麼不接電話？」

「抱歉，轉成震動了。有什麼事嗎？警察又來了嗎？」

「沒有，只是擔心才打的，你回首爾後就沒消沒息，我想知道是不是出了什麼事，閔宇直刑警又上新聞了。」

「爸，不要相信新聞。真的不是閔組長做的。」

「臭小子，你是刑警嗎？還是記者？什麼叫不要相信新聞，怎麼能不相信，新聞都不信的話，還有什麼能信？」

「不是那樣啦……。你不要太擔心，不會有事的，事情很快就會解決。結束之後我會開始用功準備考試，也幫我告訴媽，好嗎？」

「好，不用擔心你媽，總之你這臭小子！自己小心，不要受傷，知道嗎？」

「……。」

「始甫！有聽到嗎？」

「好，我會小心的，謝了，爸。」

「臭小子，謝什麼謝？爸媽擔心你是當然的。沒事常打電話回來，別讓我和你媽擔心。」

「我會的，你去休息吧。」

「好，你也早點休息。」

聽到老爸要我不要受傷，我頓時熱淚湧上眼眶。除了去當兵時，我沒在爸媽面前哭過……。

我蹲在屋簷下望著下雨的風景，照亮屋簷的白熾燈加上雨聲，別有一番韻致。我望著落在涼床上的雨滴，發呆了好一陣子，思緒萬千。過了明天還能見到這幅景色嗎？

想到明天可能是生命的最後一天，眼前的一切都令我眷戀。只要不去那裡，我就能逃過死劫嗎？只有到那裡直接逃過死亡才能脫身的念頭不斷縈繞在我腦海。只要知道我為什麼會到那裡，好像就能找出活下去的方法……。

要不要直接逃跑？

這樣的想法慢慢地從腦海中的角落冒出來。想來想去也還是找不到答案，正感到鬱悶難耐時，手機傳來震動。

「始甫，是我，金範鎮。」

「我知道，有什麼事……？」

「幹嘛這種口氣？你不在考試院，也不在水原的父母家，你到底是在哪裡？」

「有什麼事嗎？」

「什麼叫有什麼事！你不是說你會去水原父母家！」

金範鎮刑警暴跳如雷，拉高嗓音說道。我沒有因此動搖，淡然地回答：

「我有事。你找我要做什麼？」

「欸，南始甫，你要繼續這樣是吧？閔宇直人在哪裡？」

「為什麼老是要問我？找到他是你的工作吧。」

「喂，你再這樣會讓我很為難……。始甫，我們在警察廳廣域搜查大隊見面吧，你現在在哪裡？」

「現在把我叫去警局不夠，還得去警察廳嗎？真是夠了。」

「哇，瞧你這態度，你真的是南始甫嗎？發生什麼事啦？警察廳現在正在調查閔宇直的案件，請你配合。我現在就要見到你……。」

「我之後再打給你吧，先這樣。」

「你是怎樣？我對你客客氣氣，就把我當笑話嗎？他媽的，你到底在哪！廢話少說，馬上過來警局！否則你就是共犯！我會把你送進監獄！」

金範鎮刑警按捺不住怒火，大聲咆哮，而我也跟著提高了音量道：

「你說什麼？呵！好啊，隨便，反正我現在不會過去，我要掛電話了。」

「喂！喂！你這個混……」

嘟、嘟。

哇，怎麼回事？我未免太帥了吧？是因為覺得自己明天要死了才乾脆豁出去嗎？不管怎樣，金刑警真夠沒品，身為警察竟然威脅善良民眾。

手機再次震動，我一看又是金刑警打來的索性不接。這些人在飯店裡計劃要抓我，究竟想做什麼？打算拿我當誘餌抓閔組長嗎？

「始甫哥！你可以進來了。」

「好，素曇！我現在就進去。」

我推開門走進屋內，看見素曇站著，拿毛巾擦頭髮。

「和我談談吧。」

「談什麼？」

「你先去洗，剛剛淋了雨，不趕快洗會感冒的。」

「喔，好，我速戰速決，很快就出來，妳等一下。」

我趕緊走進浴室，因為要洗頭，於是仔細觀察了傷口，幸好傷口癒合的速度比想像中要快。

我洗完澡走出浴室，看見素曇坐在客廳等我，她用手拍了拍地板，示意我坐下。我一臉驚訝地坐在她面前。

「始甫哥，我想知道明天確切的時間，是幾點呢？我的意思是……你死的時間。」

「唔……我不知道準確的時間，應該是午夜十二點半到一點半之間。」

「那你是怎麼死……。真是的……這樣說出口感覺好怪。」

「妳想問我的死因嗎？」

素曇沒回答，只是點點頭。

「我不太清楚，其他人的屍體我還能從他們的模樣大概知道是怎麼死的，但是我自己的屍體卻看不出死因。」

「那怎麼辦？得知道死因，才知道怎麼應對……。」

素曇悶悶不樂，輕嘆了口氣，凝視著地板。

「明天要不要再去一次事發地點？我為什麼倒在那裡？真的死了嗎？又是怎麼死的……。確定之後，也許能想出對策。」

「沒關係嗎？而且就算去了……你不是說從眼睛裡看到我嗎？」

「妳很介意嗎？我原本還很慶幸妳聽到之後沒說什麼。素曇，那是不可能的，我一點都不在意。」

「所以說，會不會我是救了你的人呢？不管是叔叔或是我，說我們會害死你，怎麼想都……不合理。現在叔叔不會死在原本看到的地方了，表示叔叔不會再去那裡……。所以才會變成在眼睛裡看到我嗎？我洗澡的時候突然想到了這個可能。」

「救了我的人？那蔡非盧警正是想救大哥……不對啊，這說不過去……。」

「是相反的。出現在其他屍體眼中，和出現在你眼中的原因是相反的。」

起先我覺得素曇的話很荒謬，但在事事無法確定的情況下也不能排除這種可能。

在短短幾天之內，閔組長和素曇變成想殺我的人，殺我的人又突然從閔組長變成素曇，這些都說不過去。最令我擔心的是，就像素曇說的，這個改變是閔組長躲過在那裡的死亡後才發生的。

「素曇，先不要告訴大哥，我們私下行動吧？反正明天真相就能大白了。」

「那叔叔怎麼……不，既然叔叔已經知道了真相，他會做好準備的。就算我們不幫他，他也會好好應對的，對吧？因為他是刑警。」

「大哥靠自己能逃過死亡嗎？如果可以是最好……。」

「嗯……你不是說看不見叔叔的屍體了嗎？意思是他已經躲過在車站的死劫，就算會死在別的地方，他能準備的時間也比你多，不會有事的。等過了明天再告訴叔叔，另外想辦法。現在我只要擔心你一個就夠了。」

「這樣說是沒錯……嗯，也是，我算哪根蔥，自己都救不了還想救別人。」

「幹嘛這樣貶低自己？你好像老是忘記你身邊還有我。不要再想了，好好睡一覺，這樣才有力氣應付明天。」

「是啊，我還有妳。快十二點了，妳也累了，先進房睡吧。」

「不要，你先進去。」

「不，妳先。」

「不……呵呵，好，那我先進去了，晚安。」

「哈哈，晚安。」

我走進房間，反覆回想剛才與素曇的對話，真的是她救了我嗎？所以我的眼中才出現了她？剛才我不以為意笑著帶過，現在沒來由地覺得這個推測很有道理。這是我們兩人的命運嗎？

在腦海裡整理著明天要做的事，還以為會夜不成眠，卻在不知不覺間進入夢鄉。

早上醒來時，素曇的臉近在眼前，我嚇了一跳像金魚一樣眨了眨眼睛。啊，她應該是因為害怕打雷閃電才跑來我的房間。我依稀記得凌晨偶爾傳來的雷聲，還有素曇的臉龐和聲音。

我看了看時鐘，已經過了八點。我放輕動作，起身到客廳準備早餐，餐桌上已經放好大醬湯和小菜，看來是完久叔叔替我們準備的。素曇和我睡得不醒人事，完全不知道有人來過。

我洗完澡，正張羅著早餐時，素曇睡眼惺忪地打開房門走了出來。

「素曇！快來吃早餐吧。」

「哇，這些都是你準備的嗎？」

「不是，湯和小菜是完久叔叔準備的，他早上好像來過，我也是起床才發現。」

「真的嗎？凌晨沒睡好，才這麼晚起床。對不起，始甫哥。」

「我也才剛洗完澡出來，哈哈，快坐下吧。」

素曇津津有味地吃著早餐，問道：

「吃完早餐就去醫院嗎？」

「喔，對，我也想再去鷺梁津站看看，再決定下一步怎麼做。」

「可是，始甫哥……是這樣的……可能是沒睡好，我才胡思亂想。」

「什麼？沒關係，妳直接說吧。」

「我……真的還活著吧？」

「為什麼突然這樣問？」

「被你看見屍體的人都死了，除了我。」

「的確是這樣……。怎麼了？」

「我好像在電影裡看過……不會是那樣吧？凌晨時因為太害怕了……突然有種奇怪的感覺。」

「喔……素曇，我知道妳在擔心什麼，不會發生那種事的。別擔心，妳不可能再死一次，妳願意相信我嗎？」

「嗯，我相信。」

素曇微笑回答。事實上，我自己對這個答案也沒有信心，至今發生的一切我也都是第一次經歷，無法肯定。

假如我死了，素曇又會面臨死劫嗎？怎麼可能……不會吧。我救回素曇的當下事情就已經結束了，應該是這樣才對。該死！沒有一件事是我能確定的，每件事都無能為力。素曇會再次遭遇死亡？不行！不會有這種事！若真是那樣，不就代表死亡早已是命中註定，誰也逃不過嘛。那麼我看見屍體也就成了毫無意義，什麼忙都幫不上的無用能力。不會的，不會是這樣⋯⋯。

飯後我打給閔組長，他的手機關了機，一方面擔心他的安危，一方面又懷疑他是不是自己逃跑了。

我做好外出準備，等著素曇的時候，順手整理了客廳。「我還能再回到這裡嗎？」心情複雜的我環顧客廳，又走進房間，將隨身物品和衣物攤開來。不這樣做，總覺得我再也回不到這個房間了。

我們準備好出門後，和完久叔叔打了聲招呼，感謝他替我們準備早餐。一想到這可能是最後的問候，心裡不禁感到苦澀。

我們走出巷子到了馬路邊，看見一輛載著孩子們的黃色幼稚園校車，司機親切地和孩子們打招呼，看到這景象我不經意地想起小時候的事。某年如盛夏般炎熱的初夏，當時我小學二年級，某天，第四節課剛開始。

上課上到一半，我忽然覺得肚子痛，於是去了洗手間。在回教室的走廊上，透過窗戶看到一輛幼稚園校車，原先只是經過看了一眼，但覺得似乎看到車裡有個孩子，於是走了回去從二樓凝神看向校車，真的有個孩子躺在車子最後面的座位！為什麼孩子會獨自待在校車上？校車的裡外周遭都沒看到其他人。

我困惑地走回教室，老想起那個獨自在車上的孩子，心裡過意不去，於是告訴了老師。老師吃驚地走到看得見校車的窗邊，但卻沒看見有人，反問我有沒有看錯。我點頭信誓旦旦地說自己真的有看到。

老師半信半疑地走到校車旁親自查看，卻沒看見那個孩子。老師為了想讓我安心，隨口告訴我可能已經被幼稚園的人帶走了。

從那天之後，我每次去洗手間都會注意到幼稚園校車。過了幾天，我又看到那個孩子躺在後座上。模樣與穿著都和那天看到的一模一樣，而這次那個孩子卻哭得悲傷欲絕。

我煩惱著要不要告訴老師，但想到老師可能會像上次一樣，說孩子被幼稚園的人帶回去了。雖然當時我年紀小卻也感到其中的不對勁，一股奇妙的預感跟著我到了教室門口，我張望了一下走廊，決心自己去查清楚。

我沿路走出了學校，跑到幼稚園校車旁，踩著車輪站上窗邊看，這一次那個孩子沒有消失，還躺在後座。他閉著眼睛好像睡著了，頭髮則被汗水浸濕。

我四處張望，跑進幼稚園喊著「救命！」裡頭的人們被我嚇到，倉皇失措地跑了出來。我說有孩子在校車上，一位男老師衝回幼稚園，鞋子都沒穿好，拿了鑰匙又衝向了校車。我和其他幾個人跟在後面。

「你還好嗎？敏浩！醒醒！快打119，動作快！」

男老師一把抱起小孩，將他放在地上，開始施行心肺復甦術。

「請快點過來，我們發現一個孩子被關在車上昏倒了。情況很危急，請儘快趕來，是的，呼吸……他現在無法正常呼吸……。要四分鐘嗎？好的，另一位老師正在做心肺復甦。好，好的，請快點過來。」

「咳咳！咳咳……嗚嗚哇！媽媽……媽媽！嗚哇！」

「敏浩！沒事了，不怕不怕。快拿點水來。」

「媽媽……媽媽……嗚哇哇……。」

「太好了，真是太好了。對不起，敏浩……。」

幸運的是，孩子很快就醒過來，救護車趕到後隨即將他送醫。有個看起來像園長的大人向我連聲道謝，後來我還收到了敏浩爸媽送的小禮物，變成了校園風雲人物，還收到了表揚狀。

當時我第一次見到的孩子是屍體的幻影嗎？也和素曇一樣，是提前發現才救回來的嗎？那個孩子現在應該是個大學生，或是剛畢業的社會新鮮人吧。這麼想起來，我在那麼小的時候就做過善事。呵呵。

「始甫哥，你在想什麼想到出神？有想起什麼了嗎？」

「我看到幼稚園校車司機，想起小時候的事。」

「什麼事？」

「我上小學的時候……」

我告訴了素曇當時的事，素曇驚訝地說那個孩子和銅雀警局的安刑警同名，啊，怪不得我覺得「安敏浩」這名字很耳熟。

我們在前往地鐵站的路上，討論著政府要重視並積極應對幼稚園校車事故。正走向地鐵站剪票口時，有人從後方抓住我的手，我大吃一驚，瞬間像冰塊一樣凝固在原地，連轉頭都沒辦法。腦袋變得一片空白，只想著「被警察抓到了」。

「你要去哪裡？」

「……。」

「啊！嚇到你了，抱歉，我不是故意的。」

聽到身後傳來熟悉的聲音，我才回頭看。

「安刑警？」

「天啊！你在跟蹤我們嗎？」

「跟蹤？喔……對，是跟蹤，沒錯。」

「為什麼要這樣？我們也不知道閔組長在那裡，可以隨便跟蹤一般民眾嗎？」

「沒錯，身為保護人民的警察怎麼能跟蹤一般民眾呢，這是在偵查嗎？為什麼要這樣對我們？」

「哇嗚，竟然說是偵查……。南始甫先生、姜素曇小姐，請冷靜聽我說。沒錯，我的確跟蹤你們，但我是為了保護兩位。不要在這裡談，先跟我走吧。」

安刑警說著，手指了一個方向。

「始甫哥，現在是什麼狀況？」

「不知道……。我們先去看看到底什麼事吧？」

「可是……不會有事嗎？」

安刑警聽到我與素曇的對話，打岔說道：

「沒關係的。走這邊。」

因為安刑警一直在跟蹤我們，所以閔組長才沒回屋塔房嗎？他知道我們的行蹤已經暴露了……。

「始甫哥……那裡……。」

「喔，抱歉，妳說什麼？」

素曇手指的地方，站著一名陌生男人。

「南始甫先生，這位是首爾地方警察廳監察系科長徐弼監警正。」

「兩位好，我是徐弼監，感謝兩位抽空過來。」

「什麼事嗎？」

「南始甫先生，請別擔心，我是想幫助兩位，方便跟我來嗎？」

「又要去哪裡？」

我握緊素曇的手，隨時做好逃跑的準備。

「等一下，剛才是說監察系……首爾地方警察廳嗎？」

「是的。啊，安刑警在對銅雀警局進行內部調查，簡單來說，他正在臥底調查。有情報指出銅雀警局裡有警察違法……。細節我們稍後談。」

我們提高警戒跟在兩人身後，徐弼監科長推開了一扇寫有「相關人士以外禁止出入」的門，並且走了進去。

「始甫哥，不會有事吧？」

「他們在這裡不敢做什麼，沒關係的。」

我們猶豫了片刻，便隨著安刑警的引導跟上腳步。

「坐這裡就行了。」

「是這樣的，南始甫先生，詳細內容安警衛會再說明。六個月前，有人向我們檢舉銅雀警局的違法事件，我們本想立刻進行內部調查，但上級沒批准而推遲了。現在新廳長上任，終於能開始著手調查銅雀警局內部。安警衛現在是以巡警的身分在警局內臥底。」

「警衛？不過……這跟我們有什麼關係？」

「我知道你們在協助閔警監。」

「不，那是……刑警，我真的什麼都不知道。閔組長矢口否認自己有犯罪，我們才會相信他，提供協助。」

「我知道，我並不是要審問兩位，而是想幫助你們，也有事想拜託才請你們過來。」

「拜託？什麼……？」

「其實，這次案件變得有點複雜。我們原本正在對蔡非盧警正、金範鎮警衛的違法事件進行內部調查，但閔警監的案件被媒體公開，導致調查全面中斷，上級也下了結束調查的指示。現在閔警監也失聯，如果是兩位的話，也許閔警監……」

「是要我們當誘餌抓閔組長？還是說，你們認為我們知道閔組長的下落？」

「就是啊，你們是要我們幫忙抓閔組長嗎？」

徐弼監科長似乎有些慌張，連忙擺手說道：

「喔……不是那樣的。安警衛昨天有和閔警監見了面，閔警監現在也知道安警衛的真實身分。我們也不認為凶手是閔警監，是想說也許你們有與他保持聯絡，想問有沒有聯絡他的方法。」

安刑警在一旁靜靜聽著，這時開口補充道：

「閔組長現在手上有蔡非盧警正違法的確切物證。如果拿不到證據，我們就只能查出金範鎮刑警違法並結案。現在上級已經指示終止調查，明天過後，一切真相都會被掩蓋。」

素曇疑惑地聽著，問安刑警：

「內部調查……怎麼突然跟我們說這個？這之間有什麼關聯嗎？」

「只有拿到蔡非盧警正的違法證據，才能證明閔組長無罪。在現在這種情況下，我們想幫閔組長也無能為力。他手上有重要證據，我們卻一直聯絡不上他。他先前說會自己聯絡我，但到現在都沒有消息，我猜想也許他會和你們在一起，才會在一旁觀察始甫的行蹤。」

「是嗎？那麼聯絡上閔組長就能抓到真凶嗎？我的意思是，就能洗清閔組長的罪名了嗎？」

「始甫哥，你想幫他們嗎？你怎麼能相信警察？」

「姜素曇小姐，我理解妳的心情，但我們監察系的職責就是抓有不當行為的警察。」

「就算是這樣……」

「素曇，安刑警上次救過我。我們試著相信他吧。」

素曇用擔心的眼神看著我。我緊閉雙唇思索了一下後，問安刑警：

「其實那天……我看見了閔組長，他是不是和崔刑警的事有關……？」

「不是閔組長做的。崔刑警是被其他兩個人殺害。」

「喔，如果是那件事，安警衛說的沒錯。崔友植警衛的驗屍結果出來了，雖然沒發現指紋，但報告指出有一人抓住了崔警衛，再由另一人從後面……。嗯，總之，已經確認過犯人不是閔警監，也有證人。」

「證人？」

「是的，我看見了那兩個人殺了崔警衛後逃跑，閔組長是在那之後才跑到那個地方，接著出現的是南始甫先生。你還記得吧？」

「原來如此，我不知道是這樣……還懷疑……」

徐科長似乎讀懂了氣氛，看了眼素曇的臉之後開口道：

「南始甫先生你應該也知道，蔡非盧警正在找你吧？」

「你怎麼知道……？」

「安警衛向我報告的，我也知道兩位在飯店偷聽他與蔡非盧警正的談話。」

「啊……原來是這樣啊？啊哈哈。」

「所以說……我希望你能去見蔡非盧警正，當然，安警衛會陪你去，還有我也會注意，所以不會發生什麼狀況。蔡非盧警正目前還沒有對你起疑，不會有危險。」

「我非去不可嗎？」

「蔡警正向安警衛下了指示，要他帶你過去。」

「什麼？他也對安刑警這樣說？」

「是的。我認為與其讓金範鎮警衛先下手，不如讓安警衛帶南始甫先生過去，這也是讓安警衛得到蔡警正信任的好機會。」

素曇聽了徐科長的話，皺眉不悅道：

「什麼？把始甫哥帶去送死是好機會？」

「不是的，姜素曇小姐，我們會保障南始甫先生的人身安全。他見到蔡警正只需要老實回答問題，但是需要把對話告訴我們。」

「老實回答？這不是讓始甫哥陷入危險之中嗎？」

「姜素曇小姐，我的意思並不是要他把所知的一切全盤托出，安警衛會在路上說明細節，南始甫先生擁有的能力……是的，那是一種能力。除了通過那種能力所了解到的事之外，大可將一切如實告訴他。」

「我知道了，讓我考慮一下……。」

「沒問題，我們會在外面等著。」

談話結束後，安刑警與徐弼監科長先行離開。

我們確認鐵門關緊後，焦急地交換意見。

「始甫哥，真的沒問題嗎？會不會有危險？」

「他說安警衛會和我一起……應該不會有事吧？他幫過組長，而且警察廳科長親自出面拜託，我想應該沒問題吧。妳怎麼想？」

「好吧……。如果你這麼認為，那我也會幫忙的。」

我們四目交會，互相點了點頭，像是在彼此鼓勵。

我和素曇一起走了出去，只有安刑警一人在門口等著我們。

「怎麼樣，你考慮得如何？」

「好的，我願意幫忙。」

「非常感謝你，南始甫先生。」

「剛才那位去哪裡了？」

「喔，徐弼監科長有事先走了。」

我輕輕點頭道：

「我們現在應該要先找到閔組長吧？他有交代過我不能讓其他人知道他的聯絡方式，所以我必須親自打給他。」

「好的，麻煩了。」

我拿出手機打給閔組長，可惜的是他的手機仍然關機。

「喔，是企鵝娃娃。」

「你喜歡企鵝？」

「對啊，最近企鵝不是很紅嗎？我真的很喜歡企鵝，哈哈，很可愛。可以借我看一下嗎？」

「當然可以。」

我不斷地重撥閔組長的電話，安刑警則是仔細觀察著素曇包包上掛的企鵝玩偶。

「安刑警，我打了好幾次，都是關機狀態，他從早上就關機了。」

「喔……這樣啊？」

安刑警露出遺憾的表情。

「安刑警，不好意思，方便請問你年紀多大嗎？」

「怎麼突然問起我的年紀……？」

「喔，抱歉，因為最近年輕人之間很流行企鵝，看你好像很懂，所以才問的……。」

「那麼趁這次機會，讓我重新好好自我介紹吧。我是安敏浩警衛，今年二十四歲，服務於首爾警察廳監察系。」

「二十四歲，安敏浩，是嗎？」

「是的，沒錯。」

素曇重新確認安刑警的年齡與姓名，雙眼炯炯有神地回頭看了我一眼。

「不好意思……請問你知道武川幼稚園嗎？」

「武川幼稚園嗎？我知道，是我上過的幼稚園……。怎麼了嗎？」

「真的是你，你就是武川幼稚園的安敏浩……。」

「對吧，始甫哥！我就覺得說不定是，才問問看。」

安刑警眨了眨眼，視線在素雲和我之間來回。

「兩位在說什麼？」

「你還記得自己在幼稚園校車上發生過意外嗎？」

安刑警吃驚地看著我，說道：

「咦？你怎麼會知道。我自己是沒有印象，但我爸媽曾跟我說過，所以我才知道。我差點死在幼稚園校車上，幸運撿回一命。」

素雲和我正感到驚奇，竊竊私語時，安刑警驚訝地問我們是怎麼回事。於是我笑著說出自己曾在幼稚園救了一名孩子的往事。

「真的嗎？你的意思是當時救了我的小學生就是你嗎？真的嗎？」

「對，是真的！」

緣分真是妙不可言，我不禁笑了出來。

「哇，竟然這麼有緣……。沒想到會在這種狀況又遇見你。當時真的很感謝你，只用言語是不足以表達我的謝意……。邊走邊說吧，我們還有要見的人，結束後，我請兩位吃午餐。」

「安刑警，有人請客當然好，不過我有一件很好奇的事……。能跟我說昨天在飯店你和閔組長說了什麼嗎？」

「喔，當然可以，現在可以告訴你了，那天……」

「安刑警，始甫和素曇跟這次的事沒有關係，明白嗎？」

「組長，您不用擔心這個。」

「謝了，不過……」

「我知道您想說什麼。您想問為什麼我不逮捕您嗎？」

「什麼？對，沒錯。安刑警你已經知道了嗎？我不是凶手的事。」

「是的，我知道，只不過現在還沒有證據，也無法百分之百肯定。不過，李真成命案已經確定是造假的了。」

「沒錯，其他案件還沒水落石出，所以你才無法肯定，這我懂。但你還是相信我的吧？」

「是的，組長。您要不要自首，協助廣域搜查隊？」

「安刑警，我明白你的意思，但是因為蔡非盧的關係，我無法那麼做。」

「您是說蔡非盧警正嗎？蔡警正怎麼了……？」

「雖然我還沒有具體證據，但我相信他和命案關係密切。」

「這是什麼意思？和命案有關？……組長，我有件事要告訴您。其實，我是……首爾地方警察廳監察系派來的，我負責對金範鎮警衛違法事件進行內部調查，所以在銅雀警局臥底尋找物證。我已經確定金範鎮警衛與蔡非盧警正之間有勾結，正在進一步調查。不僅如此……」

「原來如此，這樣啊。雖然我不太清楚細節，但你看起來確實和其他人不太一樣。那麼你有找到物證了嗎？」

「已經找到了部分物證。崔刑警也知道這件事。還有……李延佑警衛也知道我是監察系的。」

「什麼？真的？李延佑警衛也是監察系的人？」

「不是的。李延佑警衛是檢舉人，他向警察廳監察系檢舉了違法事件，所以監察系正在調查李延佑警衛的死是否與此有關。不過，李延佑警衛的驗屍結果顯示是他殺讓我很吃驚。而且您還被列為嫌疑犯，這實在超乎我的預期。」

「安刑警，真的不是我做的。」

「雖然我還沒有找到確切的證據，但我知道不是您，這也是我現在會坐在這裡的原因。」

「好，謝了。事情好像釐清得差不多了……。不過，你說崔刑警全都知情？」

「啊，崔友植刑警堅信您不是凶手，好像正在獨自調查，也掌握了一些物證。但他感覺故意在避開我……。可能因為我和金範鎮刑警是同組的，他才無法輕易相信我，所以我還沒向他透露我的身分。」

「原來如此，那我得去見見崔刑警，確認狀況。」

「我也是想拜託您這件事才來這裡找您。還有，關於自首……」

「謝謝你告訴我這些，但我還有事要做。對了！我有件事想拜託你。」

「請說。」

「請幫我照顧始甫和素曇，其實……。」

安刑警解釋了來龍去脈，猶豫了片刻，沒再繼續說下去。

「安刑警，為什麼不說下去？」

「什麼？沒事。我已經說完了。」

「叔叔拜託你保護我們？我都不知道，還懷疑叔叔……」

素曇自責地說道。我握起她的手：

「素曇，抱歉，全怪我說那些有的沒有的。」

「不用擔心，閔組長會理解的。」

我看著地鐵外模糊的景色，調整好呼吸後開口問道：

「安刑警，現在要去哪裡？」

「首爾警察廳，蔡非盧警正在警察廳等你。不用緊張，把你知道的如實告訴他就行了。」

「等一下，你現在要帶始甫哥去警察廳？」

「姜素曇小姐，我知道妳的擔憂，但妳擔心的事絕對不會發生。南始甫先生的安全是我的首要任務。不用太擔心，我會陪在他身邊。」

「是啊，素雲，安刑警會和我同行。但是，妳有必要一起去嗎？」

「我也要去。我在外面等你。」

「人在警察廳裡反而更安全。不用太緊張，也不要害怕。不過，盡可能不要提到你看得見屍體的能力。蔡警正大概知道你能看見屍體這件事。」

「好的。」

我們走出地鐵站，坐上早等在那裡的車。車子開向鐘路，我們在景福宮站附近下了車後，又在警察廳後巷等了一下。安刑警為了打電話，和我們保持了一點距離。

「素雲，妳一個人在外面等可以嗎？」

「沒關係，別擔心我，照顧好你自己。」

「知道了，我去去就回，妳等我一下。」

「南始甫先生，我們進去吧。姜素雲小姐，請到那邊的咖啡廳等一下，我們很快就出來。」

安刑警用手指向咖啡廳，素雲像是要確認咖啡廳位置，靠近安刑警。

「安刑警，你沒有把和閔組長在飯店的對話全部說出來吧？」

「啊……。其實，組長交代我要對南始甫先生保密……」

兩人邊低聲交談著，緩步走向咖啡廳。

「其實，始甫明天會死。」

「這是什麼意思……？」

「是吧，這話聽起來很怪吧？安刑警你也曉得吧，始甫能看見屍體的幻影。」

「對，我有聽說過。」

「就是這樣。始甫看見了自己的屍體，明天午夜過後他會死，所以……你要阻止始甫去鷺梁津站。如果終究還是避不開，必須去鷺梁津站的話，我希望你能保護好他。你能答應我這個請求嗎？」

「是，我知道了。我會按組長的吩咐去辦。」

「謝了。啊！如果可以，不要跟始甫說是我拜託的，可以嗎？」

「好的。組長您之後有何打算？」

「……我自有主意。」

「不能告訴我嗎？」

「因為我還不確定，抱歉，但過了明天一切都會變得明朗，到時我會去自首，這樣就行了吧？」

「我明白了，組長……。請您保重。」

「謝了，安刑警。」

「保護始甫哥……我明白了。安刑警，那麼始甫哥就拜託你了。」

「我會盡我所能的，姜素曇小姐。」

我走近兩人，問道：

「怎麼回事？你們在說什麼？」

「沒事，我有點弄不清楚咖啡廳的方向，也想知道我大概要等多久。」

「姜素曇小姐再三囑咐我要安全護送南始甫先生回來。啊哈哈。」

「是嗎？素曇，別太擔心，好嗎？」

「好，始甫哥，注意安全。」

在安刑警的帶路下，我通過警察廳正門，進入了大樓。一路經過了電梯，走樓梯上了二樓。有兩名警察站在門前的走廊，看來是在等候我們。

「請讓我們檢查一下您的隨身物品。」

「什麼？」

我驚慌地看向安刑警，他則是若無其事地說：

「這是例行程序，照他們說的做就可以了。」

「檢查完了，謝謝。您可以進去了。」

「辛苦了。南始甫先生，不會花您太久的時間，請放輕鬆。」

我輕輕地吐了口氣，沉默著點了點頭。

叩叩！

「進來。」

「請進。」

安刑警推開門，用手指著裡面。一踏進門，迎接我們的是一位坐在桌子前的男人。

「忠誠！」

安刑警向坐在桌前的男人敬禮。

「哎呀，安刑警真是的，我早說過不用行舉手禮，你也過來坐下。」

「不，我留在這裡就行了。」

「我叫你過來坐。」

「好的。」

「把這當自己家，不用拘束，南始甫先生。」

我淺淺一笑，坐在桌前的椅子上。

「是這樣的。雖然這裡是會錄影的偵訊室，但我不是要審問你，所以不用太緊張，我只要確認幾件事情，好嗎？」

「啊……原來這裡是偵訊室……。」

我視線不自主地環顧四周，在莫名淒涼的氣氛之下，我也不知不覺變得畏縮。

「你知道警方正在追捕閔宇直警監吧？」

「是的，我知道。」

「好，你最近見過閔警監吧？」

面對單刀直入的問題，我猶豫片刻後，低聲回答：

「……從幾天前開始，我就不知道他在哪裡。」

「喔，這樣啊。那閔警監對你說過什麼？」

我沒來由地不停偷看安刑警。安刑警看著我，像是安慰我一樣插話道：

「南始甫先生，沒關係，你可以放心說出來。」

「安刑警，沒事。會這樣很正常。這裡讓人有點害怕吧？不用緊張，放輕鬆說，這樣才不會讓我們對你產生不必要的誤會。」

「……閔組長說自己不是凶手，是被陷害的，凶手另有其人。」

「南始甫先生，你真的相信閔警監的話嗎？年輕人這麼天真。」

「天真？」

「啊啊，我不是在嘲諷你，別誤會。我的意思是，我很……慶幸現在還有這麼單純的年輕人。你和閔警監是什麼關係？」

「一開始……我看到屍體……然後報案，但是被當成報假案……。」

「喔，等一下，你該不會想從頭開始解釋吧？我大致知道你的情況，你只需要跟我說，為什麼要幫閔警監？」

「因為……他幫過我……。我聽了他的說詞，覺得他好像真的被冤枉了……。」

「是嗎？真的嗎？你只是聽了閔警監的話，就覺得他是被冤枉的？哈哈，這年輕人可真單純。不是嗎，安刑警？」

「是的。」

「可是，我別無選擇，只能相信……」

「好，知道了，我也不是說你不能相信他，只是想知道還有沒有其他理由。比如說你又聽到或看到了什麼。」

「什麼意思……？」

「就是，我聽說你能看到別人看不見的屍體。沒有看到屍體有什麼特別之處嗎？」

「喔，那是……超自然現象……。不，就是屍體的幻影，沒有看到什麼特別的。這件事……我也跟金範鎮刑警說過了。」

「金範鎮？金範鎮刑警問過你這個案子？」

「怎麼了？這個案子不是由金範鎮刑警負責調查嗎？」

「銅雀警局的重案組刑警有人是嫌犯，怎麼可能讓他們來調查。」

「那安刑警……？」

「安敏浩刑警不過是負責把你帶來這裡，這起案子是由廣域搜查隊負責。」

「啊……原來是這樣。總之，我沒有看到其他特別的東西。」

「所以你不知道閔警監現在人在哪裡？屍體也沒有特別之處。你的答案就是『不知道』和『沒有』。好吧。安刑警，去觀察室叫李哲基警衛過來，然後你就可以回局裡了。」

「什麼？您要我回局裡？」

「怎麼了，還有別的事嗎？」

「沒有。那麼我告辭了。」

安刑警出去之前，從口袋裡拿出一隻銀色的筆遞給我，說道：

「對了！南始甫先生，這是剛才跟你借的筆，差點忘了。」

「什麼？啊……好的。」

「我先走了。」

說好會陪著我的安刑警簡短問候後便離開了偵訊室。他一離開，坐在我面前的蔡非盧警正眼神瞬間截然不同。

「現在我們有話直說吧。南始甫，你知道閔宇直警監的聯絡方式吧？」

「對，我知道。要告訴您嗎？」

蔡非盧警正突然提高了音量，大聲說道：

「南始甫！我叫你不用緊張，你還真的把這裡當自己家嗎？」

「什麼？沒有，我不是……」

「南始甫！你知不知道這裡是什麼地方！我知道你們兩個有聯絡！所以，說出那個匿名電話號碼！你這混蛋！聽懂了嗎？」

哐！

蔡非盧警正雙拳捶打桌面，怒目瞪視著我。

第17話 反擊

「幹嘛突然這樣？您這是在威脅我嗎？難道嚇唬我，不知道的事就會變成知道嗎？」

「喂！說話真衝啊！原本以為你是個單純的年輕人，沒想到表裡不一。那這件事你怎麼解釋？你和姜素曇是什麼關係？」

「什麼？為什麼提到素曇……。您真的是警察嗎？根本是黑社會！」

啪！

蔡非盧警正用力拍桌：

「南始甫！現在是你在幫助殺人犯！妨礙調查的也是你！竟然說我是黑社會？」

我被蔡警正高壓的態度嚇到瞬間畏縮。他深吸一口氣後，接著說道：

「呼……。所以，南始甫，希望你能搞清楚狀況後再開口。好，如果你要繼續這種態度，那我也沒辦法了。」

「要是敢動素曇一根頭髮，我絕對不會放過你！」

蔡非盧警正愣住看了我一眼，放聲大笑。

「哈哈哈，喂，閉上你的嘴。」

「什麼？我說……」

「給我閉嘴，臭小子！欠教訓是不是……。」

他正要扔出手上的文件，卻又放了下來，從口袋裡掏出了手機。

「哇，看看這是誰啊？是鬼？還是曹操？呵哈哈，要不要和鬼通電話看看？」

同一時刻，素曇正坐在咖啡廳，一名男人向她搭話。

「姜素曇小姐！」

「什麼？啊……你怎麼會在這……？」

金範鎮刑警揮了揮手，走向素曇。

「哎喲，我為了妳爸的事，找妳找了很久耶。」

「什麼？如果是為了我爸的事，我昨天見了安敏浩刑警……」

「啊，但是安巡警忘記妳說了什麼，我們換個地方聊吧？」

「有話在這裡說吧。」

「姜素曇，妳知道我是誰吧？我是銅雀警局重案組組長金範鎮，妳明知道我想聊什麼，為什麼還這樣？跟我去聊聊吧。」

「不，請你說清楚是什麼事。」

「那……那就當作是要調查妳爸的直接死因吧。姜時民為什麼會死？真的是閔組長殺的嗎……怎樣？這樣的原因夠了吧？」

「什麼？你是說閔組長不是凶手？」

「哎呀，真是的。要我說幾次！跟我走不就知道了嗎？離這裡不遠，走吧。車子在外面等著了，妳這麼不相信民主社會的警察嗎？」

「對，我不相信。我之後會再找一天自己去警局，你可以先離開了。」

素曇堅持拒絕，金刑警揚起一邊的嘴角噗哧一聲，接著立刻大笑。

「哈哈哈，真不配合耶。對妳好聲好氣，就不把警察當回事了嗎？」

「什麼？」

「我是重案組刑警，我現在就能把妳逮捕帶走，知道嗎？我已經說得很清楚了，妳最好乖乖跟我走，少廢話。」

「你是要在公共場所逮捕無辜民眾嗎？想逮捕就逮捕吧。」

金範鎮刑警覺得很離譜似地嘲笑道：

「哇哈哈，啊？無辜民眾？妳嗎？一個藏匿殺人犯的人？藏匿罪犯可是犯罪，難道妳不知道嗎？我是怕讓妳太難看，才給妳面子通融。既然這樣，我也沒辦法了。既然妳想在公共場合丟臉，那就算啦？」

素曇無奈地站了起來，說道：

「知道了，走就走。」

「早這樣聽話該多好。接下來要是不想看我臉色，就請多多配合，姜、素、曇、小、姐？」

素曇雖然感到委屈，但金範鎮刑警說的話也沒錯，她清楚現在情況對自己不利，所以只能緊閉雙唇，瞪視著金刑警。

「跟我來吧。啊，對了，手機給我。」

「為什麼？」

「唉，可能是職業病吧，我對竊聽很敏感，總覺得會被錄音……哈哈。」

素曇掏出手機，金範鎮刑警嘿嘿笑著，一把搶走。

「和我在一起的期間，手機就由我保管，沒問題吧？」

「什麼？我……」

「上車！」

金範鎮刑警將素曇帶上車，正準備出發時，安敏浩刑警剛好從警察廳正門走出撞見此情景，已經晚了一步。安敏浩刑警連忙攔下路過的計程車，尾隨金範鎮刑警。

蔡非盧警正將手機調成擴音，放在桌上。

「哇，宇直大哥！你親自打來，真是我的榮幸。你在哪裡？」

「蔡非盧系長，少白費力氣了，要聊就和我見面聊。」

「喔齁，看來你好像已經知道了？」

「沒錯，我很清楚，你要金範鎮刑警跟蹤南始甫。」

「原來你還不知道現在是什麼情況？來，你跟他說。」

「什麼？你這什麼意思？」

「來！說話啊，南始甫！」

我凝視著蔡非盧警正一會兒，無可奈何地開口：

「那個，閔組長，我是始甫。」

「始甫？你為什麼在那裡？」

「蔡非盧警正……不，是安刑警帶我來的……。」

「唉……抱歉，因為我害你吃苦了。把電話還給蔡非盧系長。」

「什麼啊，你們也聊太快了吧？真可惜……。所以說，大哥你現在在哪裡？」

「蔡非盧，不要波及無辜的人，要談就和我談吧。」

「你是怎麼了？說話這麼有禮貌，這樣我很不習慣耶？哈哈哈。」

蔡非盧警正瞥了我一眼，發出奇怪的笑聲。

「在組織裡，階級就是一切，不是嗎？我們見面談吧。」

「好吧，既然你這麼說，那我就不客氣了。」

蔡非盧警正取消了擴音，把手機拿到耳邊說：

「好，小子你想在哪裡見？哈哈哈，我開玩笑的，開個玩笑……。好，就約在那裡吧。閔宇直警監，不要動歪腦筋，知道吧？……哈哈哈哈，你把我當什麼了……那就先這樣。」

蔡非盧警正放下手機，惡狠狠地瞪著我：

「南始甫！我警告你，不要再見閔宇直警監了，也不要跟他聯絡！不管你的立場是怎樣，最好不要再跟這次事件有牽扯，如果再讓我碰到，到時候不會這麼簡單就放過你，知道嗎？南始甫。」

他神情狡猾，口中的威脅像是毒蛇信般令人畏懼。

「……知道了。」

「還有，今天的事最好不要告訴任何人。啊，你有看見屍體的能力對吧？仗著那一點小花招跑出來惹事，下場會怎樣，你懂吧？」

這時傳來了叩叩的敲門聲。

「進來。」

「蔡系長，您找我嗎？」

「啊，李警衛，把南始甫帶走，去調查一下閔宇直的事。還有替我備車。」

「調查？能查到的都已經跟您……」

「南始甫，我們別再見了，你說好嗎？哈哈哈，李警衛，帶走吧。」

「是。南始甫先生，請跟我來。」

金範鎮刑警的車開入明寶大樓地下停車場，過沒多久，一輛計程車也跟著駛了進去。金範鎮刑警將車停在停車場後，和素曇搭乘電梯到頂樓十樓。小心翼翼一路跟過來的安刑警確認了金範鎮刑警到的樓層後，也進了電梯上樓。

「姜素曇，妳知道這是哪裡嗎？」

「我怎麼會知道。為什麼不是去警局，來這裡要做什麼？」

「我不是說過了，我會跟妳說妳爸的死因，這裡就是姜時民死的地方……不，應該說他選擇去死的地方嗎？」

「什麼意思？我爸選擇的？」

原先看著前方的金刑警，盯著素曇的眼睛說：

「姜素曇，聽好了。姜時民在這裡做出了選擇，而且是為了區區五百萬*4。就為了賺五百萬，賠上了自己的小命，哈哈哈。」

金範鎮刑警諷刺地笑了起來，素曇生氣問道：

「你說什麼？賠上小命？欸……請你把話說清楚。」

「啊！抱歉，一時口誤。好，那我就直說囉，沒關係吧？該從哪裡開始講起呢……？先說結論吧，姜時民和我們是一伙的，是這樣說的嗎？沒錯，就是這樣，哈哈哈。」

金範鎮刑警帶著笑容，句句諷刺，素曇再也忍不住破口大罵：

「這個混帳……想忍住不罵還真不容易。你在說什麼屁話，開我玩笑嗎？還有不要再笑了。」

「哈？哇賽，個性還真火爆。」

「我爸和你是一伙的？意思是他幫了警察，結果卻死了嗎？」

「是啊。他是幫了警察。他就是幫我們，才被閔宇直那傢伙打。所以妳也應該站在我們這邊吧？告訴我，閔宇直現在在哪裡？」

「……五百萬又是什麼意思？」

「啊，那個啊？我真是改不了說溜嘴的老毛病，應該想清楚再開口，但個性急……。反正啊，有位蔡非盧警正是調查這次閔宇直殺人案的負責人，他偶然間搭到了姜時民開的計程車。當時姜時民……」

「您好，請問要去哪裡？」

「……。」

「先生，請問要去哪裡？您好像喝了很多酒。」

「……喔，司機大哥，去漢南洞。」

「好的，先生，我會安全把您送到漢南洞的。累的話就睡一下吧，到了我會叫醒您。」

＊4：五百萬韓元，約等於新台幣十二萬元。

「哎呀，司機大哥可真親切，哈哈哈，真不錯，不錯……。」

「哈哈哈，謝謝。雖然不知道您從事什麼職業，不過要紓壓果然還是要喝酒啊，哈哈。工作應該很辛苦吧，我會舒舒服服地將您送到家。」

「哇，你……哈哈。聽司機你這麼說，開計程車壓力應該也很大吧？」

「哪有人工作沒壓力的，哈哈。其實，我最近因為女兒的大學學費很煩惱，註冊就要六百萬，實在太貴了……。說到底，全都是錢的問題，對吧？」

「哎喲，最近大學學費太貴了吧，你一定很辛苦。最近新聞都在報，說開計程車也很難做……來，你拿去，這是我的名片。我很滿意你的服務，如果有急事就聯絡我。」

「哎呀，您是警察呀？有您這句話，我就已經非常感謝了。我們到漢南洞了，要往哪裡呢？」

「喔……轉進那條巷子就停車。有需要直接聯絡我，不要覺得有壓力，這是我的謝意，知道嗎？」

「天哪，真是謝謝您。您的話給了我很大的鼓勵。到了。一共是七千兩百元，零頭免了，算您七千就好，哈哈。」

「來，拿去，辛苦了。」

「先生，找錢……」

「算了啦，剩下的零頭是小費，哈哈哈。」

「這樣太多了……。真的很謝謝您，慢走。」

「所以呢？我爸向蔡非盧警正借了錢嗎？」

「不，不是借的。他幫了我們，那五百萬是給他的酬勞。就是在這裡給的。」

「幫了什麼？」

「那個啊……妳不是也知道嗎？他故意讓閔宇直坐上他的車。我正在內部調查閔宇直的違法事件，所以我需要錄到證詞。妳沒聽過警察貪汙嗎？閔宇直就是那種人。我在蒐集證據，不過閔宇直那傢伙……。啊，真抱歉，讓妳想起傷心的事。」

「你現在要我相信你說的話？」

「對！現在又怎麼了？姜素曇，我告訴妳實話，妳也不信嗎？閔宇直那傢伙到底對妳說了什麼。素曇啊，不要太相信閔宇直。那傢伙可是殺人犯耶，不知道在他手裡死了多少人。光現在知道的就有三個，姜時民、李真成和李延佑……。喔，還有崔友植，是四個。你寧願聽那個殺人犯的話，不相信我這個模範警察的話？」

「不……」

「噓，有電話來了，哈哈。」

不知道究竟經過多少次反覆訊問，我依照安刑警給的指示回答，但內心仍然忐忑不安。審問好不容易結束後，我立刻奔往素曇等待的咖啡廳，卻不見她身影。她和安刑警一起換地方等了嗎？

我立刻打電話給素曇。

「哎喲，南始甫，這麼巧？」

「……金範鎮刑警？你現在和素曇在一起？」

「素曇？喔，對耶，這是姜素曇的手機，真是的。」

「素曇的手機為什麼會在你手上？」

「哈啊！真沒禮貌。擔心姜素曇嗎？那就快點打給閔宇直……」

「金刑警！素曇是不是和你在一起？是的話，馬上換她聽！」

「這麼凶啊？你真的是南始甫嗎？好啦，你冷靜一點。」

我聽見金刑警朝不遠處呼喊素曇。

「始甫哥！你還好嗎？」

「我沒事，剛從警察廳出來，妳在哪裡？」

「嘿，這樣不行喔。」

「素曇！素曇，回答我，妳在哪裡？喂，金範鎮你這個混蛋！素曇！」

「始甫哥！始甫哥！」

「素曇！妳還好嗎？真的沒事嗎？」

「我沒……」

唰，哐！

素曇的聲音從遠處傳來，但在重重的關門聲之後，我就再也聽不見她的聲音。

「南始甫！姜素曇在這裡很好，不用擔心。閔宇直在哪？快說。」

「我真的不知道，我早就說過我不知道。警察應該自己找才對，為什麼這樣對我們？身為警察竟然綁架人！你算什麼警察！」

「你這小子瘋了嗎？講話沒大沒小！聽好了，這不是綁架，我是逮捕了幫助嫌犯逃亡的共犯，懂了嗎？你小心點，早晚會輪到你。還有，說話再這麼沒禮貌，我不會放過你，聽到沒？」

「所以你到底……你希望我怎麼做？」

「限你今天之內找到閔宇直，然後打給我，不然這女……呼，不能激動，警察可不能激動。總之，如果你還想見到姜素曇，就把他找出來然後聯絡我，明白了嗎？」

嘟、嘟、嘟。

金範鎮刑警掛斷電話，我立刻回撥，想當然他沒接。可惡……這個王八蛋。到底對素曇做了什麼？金範鎮，你要是被我逮到，我絕對不會放過你！安刑警又是怎麼回事？我以為他不會讓素曇落單……。

啊，我不該這麼相信安刑警。難道他是故意讓我和素曇分開？安刑警也是金範鎮的共犯嗎？不會吧……。

左思右想之下，我撥電話到警察廳監察系，一接通我就直接說要找徐弼監科長。原本已做好最壞的心理準備，幸好真的有這個人。在短暫的轉接音後，是另一個人接了電話。

「您好。」

「您是徐弼監科長嗎？」

「抱歉，徐弼監科長不在，請問有什麼事？」

「我叫南始甫，那能幫我轉接安敏浩刑警嗎？」

「抱歉，沒有這個人。」

「什麼？不是有位安敏浩警衛嗎？」

「沒有，監察系裡……沒有叫這個名字的警衛。您有什麼事嗎？」

「那個，可是……但……。唉……那能不能告訴我徐弼監科長的手機號碼？」

「抱歉，個資不能對外透露。有事情可以留言，我會再轉告他。」

「我真的非常急，請他馬上聯絡我。告訴他我是南始甫他就知道了，真的很急。」

「好的，我會轉達給他。」

一掛斷電話，我立刻跳上計程車直奔銅雀警局，路途上我又打給了閔組長，依舊只有鈴聲，沒人接聽。我沒有安刑警的電話，無從聯絡。

我和閔組長剩下的時間不到十二小時，閔組長究竟有什麼打算？想到對策了嗎？我已經沒有多少時間了……。

就在此時，閔組長打來了。

「大哥……。你現在在哪裡？」

「在漢江公園附近，因為有點事……」

「有事？什麼事……？」

「見面再說，你在哪？」

「我在去鷺梁津的路上。」

「知道了，那麼鷺梁津站見。不要進地鐵站，在站外見，聽到了嗎？」

「好。」

金範鎮刑警掛斷電話，再次走進屋內。安敏浩刑警被突然開門的金範鎮刑警嚇到，連忙躲到桌下，大氣不敢喘一聲。接著，他躡手躡腳靠近門邊，傾聽裡面傳出的聲音。

「姜素曇，南始甫會找到閔宇直再打給我，到時候妳就沒事了，不要怕……」

「你到底想做什麼？你要把我監禁起來嗎？威脅我的目的是什麼？」

「沒有啊，我不是說過了。只要抓到閔宇直就行了，所以妳幫幫我們吧。妳爸幫了我們，現在換妳了，不是嗎？」

「你要我幫警察，還是幫綁架兼恐嚇犯？」

「什麼？去你媽……呼，我懂妳的心情，但不要感情用事。搞清楚現在的情況，姜素曇，先認清妳現在的處境再做決定，嗯？」

「我不相信你，我要走了。」

素曇正要出去，金範鎮刑警板起臉擋住她的去路。

「看來用說的行不通。立刻給我坐下！坐下！媽的……。」

金刑警雙手抓住素曇的肩膀，用蠻力逼她坐到椅子上。

「你在做什麼？把手拿開！你這樣還算是警察嗎？讓我出去，不然我要大叫了！讓開！」

素曇甩開金刑警的手，站了起來，金刑警放開她的肩膀，往後退了一步說道：

「哼，脾氣真倔。勸妳最好是乖乖坐下。」

「什麼？」

「妳！少惹我生氣，給我安靜！呼，拜託……不要讓我失去理智！」

金刑警大聲叫喊，同時用腳猛踹了素曇身旁的椅子。

「啊！」

素曇尖叫，跌坐在椅子上。

「趁我好聲好氣的時候……」

哐！哐！哐！

「什麼聲音？」

哐！

「什麼，安巡警？啊！系長……。」

蔡非盧警正發現了正在暗中觀察屋內情況的安刑警，將他的手臂壓制在身後，並用腳踹開了門。

「你在搞什麼！」

「警正……這是怎麼回事……？」

素曇驚訝地看著安刑警。

「安巡警！你跟蹤我嗎？為什麼？」

蔡非盧警正勃然大怒，指著金刑警。

「喂！金範鎮！你是怎麼辦事的？竟然沒發現？」

「啊……。是的，我沒發現。非常抱歉。」

「真是夠了！和你這種傢伙說話是浪費時間……。安敏浩！你說！」

「那個……不是這樣的，我只是偶然看見金範鎮刑警……他看起來很急，所以……」

「喂！少胡說八道，你是監察系派來的安敏浩警衛吧？」

「什麼？安敏浩警衛？監察系？」

金範鎮刑警瞪大眼睛看安刑警：

「沒錯，要稱呼這小子安敏浩警衛！老實說，安警衛，你知道多少？」

「您在說什麼……呃啊！啊！」

蔡警正舉高了安警衛被彎折在身後的手臂。

「我現在沒心情開玩笑。安敏浩，看來你這傢伙全都知道了。你這臭小子竟然沒發現他在這裡，這個廢……啊！氣死我了……。」

「系長，您說的是真的嗎？安巡警是警察廳的監察搜查官？」

「喂！範鎮啊，我剛剛才說你是沒聽到嗎？我在去銅雀的路上，聽說了安敏浩的事才過來這裡。不過，她又是誰？你還有時間找女人玩！你這個腦子裝……算了！把這小子綁起來！」

蔡非盧警正鬆開安警衛的手臂，用力將他推向金刑警。

「啊，是！安警衛？嘿，你這小子想騙我們啊？」

金刑警把安刑警推到椅子上，將他上銬。

「系長，這位小姐是姜素曇……是姜時民，那個計程車司機的女兒。」

「哎喲……範鎮啊，不需要做這種事，過來吧。我們現在完蛋了，懂嗎？也是，你怎麼可能會懂。這位小姐真可憐，太可憐了，倒霉透頂……。」

金刑警茫然地走向蔡警正。蔡警正用低沉的聲音說道：

「範鎮，就算要向安警衛動手，該知道的要先弄清楚，這樣我們才能留一條生路。不管他查到了多少，有多少證據，全都得拿回來。像李真成那樣處理乾淨，知道嗎？」

「是！系長，我知道了。」

蔡非盧警正看向素雲，一臉惋惜地說道：

「沒辦法了，把那位小姐也一起處理掉。」

「姜素雲也要嗎？」

「管她是誰，她都看到我的臉了，還不知道該怎麼做嗎？啊？」

「是，我會好好處理的。」

「這次真的要乾乾淨淨，不要留後患。這可是關係到我們的性命！懂嗎？」

「明白，系長。」

「好，我要去抓那隻狡猾的泥鰍了。拜託你好好幹。我又得去收拾爛攤子了，累死了。」

「別擔心，系長，我會好好處理的。」

金刑警向蔡非盧警正九十度鞠躬後，聽到門關上的聲音才抬起頭來。

「你想做什麼？金範鎮刑警。」

「喔，安警衛，抱歉啊。我不知道你的警階，之前口口聲聲叫你安巡警、安巡警的，你應該聽了很不是滋味吧，明明我們都同樣是警衛……哈哈哈。哎，媽的，怎麼辦才好，我本來不想傷害素雲的……。現在沒辦法了，這都是因為他，這個安警衛。如果妳想怪，那就怪安警衛吧。」

「到底在說什麼？把我解開。你不是說我爸幫了警察，那你為什麼要這樣對我？是你們殺了我爸嗎？是嗎？」

「這時候這麼聰明幹嘛，哈哈。素曇啊，太聰明的人容易短命，有可能會先見閻王的，小心喔，哈哈哈。哈哈哈哈！」

素曇眼神滿是驚恐，聲音顫抖著。

「什麼意思……？」

「姜素曇小姐，請不要相信這個人的話。」

啪！

「呃啊！你……」

啪！

「啊！呃……。」

金刑警連續賞了安刑警兩巴掌。

「什麼？這個人？喂，『安巡警』，你自己也要小心，你也是個短命相。看我現在笑著說話，是不是以為我心情很好啊？安敏浩你這個煩人的傢伙。」

素曇確定了殺害父親的凶手是金刑警，憤怒大喊：

「金範鎮！是你殺了我爸嗎？你這個混蛋！是你殺的，對吧？」

「真是的，怎麼連妳也這樣。真沒禮貌耶？素曇啊，我沒有說謊，幫助我們就是幫助警察啊，不是嗎？為了區區五百萬……哈哈哈，沒錯！說白了，就是為了妳的大學學費。」

「你……嗚……。」

素曇想到父親是因為自己的大學學費才被牽連，頓時激動起來。

「是啊，該哭了，哭才是正常的。妳爸是因為妳才死的，為了賺妳的學費，才願意做那麼難的事。我只是沒想到，他竟然就這樣死了，怎麼辦呢？太可憐了，哎喲，沒關係！想哭就盡量哭吧！」

激動的素曇聽到金刑警的冷嘲熱諷，放聲大哭。

「嗚嗚……不……不是的！嗚嗚嗚……你在說謊！」

「素曇，他說的全都是謊話，妳不要太自責，知道嗎？」

「你要她不要自責啊，哎，真是的。安敏浩巡警，那你是不是該自責一下？因為你，素曇才落得現在這種處境。」

安刑警皺眉瞪著金刑警，說道：

「你到底在打什麼主意？現在你做什麼都沒用了，你以為這樣就能隱瞞你們做的事嗎？放了我和姜素曇小姐，不然只會加重你們的罪。好好算清楚你會有什麼損失！金範鎮！」

「算？怎麼辦？我最不會算數了。哈哈，警大畢業，對算數很在行的你自己算吧。說吧，你到底知道多少？我不愛使用暴力，但一激動起來就會控制不住自己，所以最好趁我還對你客氣的時候從實招來，知道嗎？」

素曇強忍住眼淚，好不容易開了口：

「金刑警，所以我爸真的是閔組長殺的嗎？」

「喔？素曇小姐，妳哭完啦？哎喲，很傷心吧？妳想知道誰殺死妳爸啊……？雖然聽了打擊會很大，但若真想知道，我當然會告訴妳。不過在那之前，我希望妳老老實實告訴我……」

「告訴我，到底是誰殺了我爸？」

「妳想知道答案的話就先說說看，妳從安巡警那裡聽說了什麼，全都一五一十地告訴我。」

「姜素曇小姐，不能聽他的話。殺害令尊的凶手擺明了是金範鎮……」

啪！啪！

「唔！呃呃……。」

金刑警勃然大怒，一拳揮向安刑警的腹部，說道：

「喂！說話小心點，再耍嘴皮子，可不是揍個幾拳就沒事了。」

「安刑警！沒事吧？你這是在做什麼！不問也知道，是你殺了我爸爸？對吧？我絕對不會放過你！」

「哇，好可怕，不要那樣瞪我嘛，讓人拳頭都硬了呢……。我可不想打女人，素曇啊，妳聽好了。是誰殺的不重要，重要的是，妳老爸姜時民也是共犯。聽懂了嗎？如果我是犯人，那妳爸也是犯人，記住這一點。」

「你瘋了嗎？到底在胡說什麼！喂！金範鎮！你這個混蛋！我爸是受害者！你就是殺人凶手！」

「哎喲……嗓門可真大，這樣下去不行。抱歉，得讓耳根子清淨一下。」

嘶、啪。

金刑警一手箝住素曇的臉，一手朝她的嘴上貼了膠帶。

「噢！手背上的疤……唔唔。」

聽到素曇的話，金刑警舉起手說：

「啊，妳說這個嗎？這可是光榮的傷疤。突襲毒品走私現場，被日本黑道拿刀刺的……哈哈。那時候傷得很嚴重，疤卻這麼小，真可惜。疤要大一點才醒目，哈哈哈哈。」

「金範鎮！」

「嚇我一跳！我還有事情要問你，所以才暫時饒你小命，你應該要覺得慶幸才對。素曇妳先乖乖聽著，知道嗎？等妳冷靜下來，我就幫妳拿下膠帶，哈哈哈。」

「瘋子。」

「喔？原來你也會罵人啊？還以為你沒那個膽呢。也是，誰沒罵過難聽話呢。你要說了嗎？你到底知道多少？給我老實交代清楚，否則我會讓你全身上下不留半根完好的骨頭。看到這支球棒沒？」

哐！

金刑警揮起鋁製球棒，用力敲打了安刑警身旁的地面。

「來，下一個要打的是你的腦袋……」

「我知道了，先放下球棒再說。就算要死，我也不希望死得這麼痛苦。拜託了。」

「哎呀，幹嘛說得這麼感傷……。我為什麼要殺你？我可不是那種人。好，你說吧，球棒我就先放下了……。不過，安巡警你說話有點沒禮貌啊，聽了真不爽。」

金刑警聽不慣安刑警的語氣，又甩了他一巴掌。

「嗯，呃！」

咚！咚！

素曇被眼前情景嚇到，全身掙扎著想離開椅子。

「哎，真是的，素曇啊妳別這樣。這樣我不就還得綁妳的腳嗎？麻煩死了……。等我一下。」

「姜素曇小姐，抱歉，事情出了差錯。妳還是老實說吧，求他饒妳一命。」

素曇的雙腳奮力掙扎，金刑警用膠帶綑住她的腳，一邊說道：

「喔齁，現在終於說了句人話。是啊，素曇，妳如果想要招了隨時叫我，好嗎？哈哈哈，來。安敏浩警衛，我們來談談吧。」

蔡非盧警正翹著腳，坐在汽車後座與某人通話。

「搞定了嗎？抓到了沒？」

「對不起，被他逃了。閔宇直組長警覺性很高……」

「喂！現在誰才是組長？鄭警衛你腦子不清楚嗎？」

「是，我會改正的。」

「朴組長現在在哪？」

「朴組長已經回到警察廳，我們正在追捕閔宇直組……嫌犯閔宇直。」

「在哪裡追丟的？」

「在漢江公園碼頭，我們正在仔細搜查，相信很快就能掌握他的行蹤，請不用太擔心。」

「加快搜查速度，竟然錯過這個大好機會……。一群蠢蛋，無論如何，想辦法抓住他，聽懂了沒？」

「是。」

蔡非盧警正掛斷電話後指示司機：

「直接去銅雀警局。」

「好的。現在就送您過去銅雀警局。」

〔花開的冬栢島……〕[*5]

蔡非盧警正靜靜地低頭看著響起歌聲的手機，按下通話鍵後將手機放到耳邊。

「喔，宇直大哥，抱歉，突然有一些事，等很久了吧？應該是我該聯絡你的，抱歉。」

「沒關係，蔡非盧系長。是這樣的，你今天有空嗎？」

「哎，說話幹嘛這麼客氣？放輕鬆一點，剛才是我開在玩笑，哈哈哈。」

「聽起來不像是玩笑……。那就好，謝了。非盧，這次不要再開玩笑，空出一點時間給我。」

「啊哈，因為我有點忙……。不過大哥要我空出時間……哈哈，銅雀警局那邊有點事，我正要過去，

＊5：韓國民謠《歸來吧，回到釜山港》歌詞，原唱人為趙容弼。

事情結束應該很晚了，怎麼辦？」

「啊……好吧，那在哪裡見方便？」

「你過來吧？」

「什麼？要我去警局？少胡說了。在汝矣島公園見吧！啊！還有，這次希望你自己一個人來。這樣比較好。」

「聽起來有什麼好事？」

「當然有，天大的好事，非盧，看來你胃口真不小，吞了不少東西呢，所以啤酒肚才這麼大嗎？哈哈哈，有其父必有其子，聽說你爸也不簡單，但你應該適可而止吧？這算不算天大的禮物呢？算吧？」

蔡非盧警正眉頭緊皺，手扶著額頭，放聲大笑：

「……啊哈哈哈，你真是的，怎麼這樣說話，真令人難過……。啊，你在錄音嗎？看來愛開玩笑的人是你呀。」

「哎，怎麼會是玩笑……。我可不像你。」

「可是汝矣島公園有點遠，我沒那麼多時間，在鷺梁津站見吧。約個四下無人的時間，末班車時間應該不錯，怎樣？」

「鷺梁津站？嗯……好，可以。非盧，這次別想鬧事，再有第二次，我不會放過你。」

「哎，知道了，別擔心，到底想送我多大的禮物？是想用禮物賄賂我嗎？要是太過分，我可是會很為難的……」

「我們見面再談。」

「好，那先這樣吧。」

蔡非盧警正掛斷電話同時破口大罵。

我在走下月台樓梯的半途中停下腳步。頭部的疼痛感逐漸蔓延到全身，到目前為止，只有在回想屍體的時候才會感覺疼痛，而且疼痛會隨著時間過去逐漸減弱。奇怪的是，在看我自己的屍體時卻是完全相反，看得越久，疼痛就越是劇烈。

我抱著頭，奮力睜開眼睛。我必須要看清楚才行，不管能看到什麼都好，只要能找到線索……。上次我的屍體眼睛裡映出了素曇的身影。

「啊啊……呃啊！」

當我承受不住疼痛，正要從樓梯上直接往下摔，一隻堅定有力的手抓住了我。

儘管眼前還是一片模糊，但神智立刻清醒，我轉動著眼珠子，觀察周圍卻什麼都看不見也聽不到，難以掌握情況，只知道有人抱著我走向某處。

很快地，我的身體被放了下來，身邊傳來像是回音般的嗡嗡聲。

「始甫！南始甫！快醒醒！有聽到我說話嗎？」

「唔……呃……大哥……。」

「對，是我，你還好嗎？你差點就出事了。」

「大……大哥，請扶我起來。」

「嗯，好。」

閔組長托住我的背，幫我坐起身來。

「你為什麼會進來地鐵站？我不是說在站外見嗎？」

「既然都來了，我有事想確認。先不說這個，素曇現在，唉……她被金範鎮刑警抓住了。」

「什麼？被抓住了？」

「是的，金刑警說要是不帶大哥去見他，就不會放過素曇……。我不知道他們在哪裡，安刑警說會保護我們，但人就這樣不見了……。他會不會是和金刑警串通好，聯手綁架了素曇？他和金刑警是共犯嗎……？」

「始甫，抱歉，全都怪我。但安敏浩刑警不是那種人，一定是有什麼緣故。該從哪裡說起才好……。總之，你先冷靜下來聽我說。」

我為了見崔刑警去了死六臣公園，這件事你知道吧？但約好的見面時間都過了一個多小時，還是不見他出現，電話也不接。我繼續打電話，一邊走回公園入口，這時從某處傳來了鈴聲，我想也不想地朝鈴聲傳來的地方跑去，發現一支掉在草地上的手機，我彎下身要撿，這才看見倒在前方的崔刑警。一開始四周太暗了我沒有察覺，想著該不會……結果他真的死了。我太過錯愕便跌坐在地。

當時我聽到有動靜，回頭看到有人走了過來，我怕又被誤會成殺人犯，雖然對崔刑警很抱歉，但我別無選擇，只能立刻逃跑……。

喔，對了。我之前跟你說我沒見到崔刑警，對吧？抱歉，我擔心你也會懷疑我，才沒能說實話。我是到後來才聽說你當時也在場……。

我離開死六臣公園後，直接上了計程車，那時候我才發現手上還拿著崔刑警的手機。我想或許會有什麼線索，於是看了他的手機訊息，發現了他想傳給我卻沒送出的訊息。你知道吧？就是用我寫案件筆記的方式。他預感到自己的死，或是臨死之前，用筆記的寫法留了訊息給我……。

那封沒送出的訊息暗示了崔刑警家裡的某個地方。崔刑警是自己一個人住，過去我和延佑常去他家玩，一起喝酒，也會在那過夜。友植有個專門收藏好酒的地方，只有我和延佑才知道是哪裡。訊息裡暗示的就是那個地方。

所以我馬上出發去友植家。但是途中，我總覺得有人在跟蹤我，所以我在友植家附近下了車，刻意先在附近兜圈子，那個人也跟著我繞路，於是我確定了對方是在跟蹤我。為了抓住那傢伙，我故意從超市的後門偷溜出去，從後面偷襲那個跟蹤我的傢伙。結果你知道對方是誰嗎？咦？你怎麼知道？對，是安敏浩刑警。

「安刑警！你為什麼……抱歉，但我不得不那麼做，把手機和槍慢慢拿出來，放到地上。」

我怎麼可能有槍，我只是用衣服蓋住手，作勢自己有槍抵住他的後背，安刑警不明就裡舉起了手：

「閔組長，我知道了，我會交出來。」

安刑警慢慢地從口袋裡掏出槍和手機，放在地上。

「好，慢慢後退。」

「好的，不過組長，請聽我說。我有事要告訴您。」

「我知道了，你先退後！」

我注視著安刑警，同時小心翼翼地撿起地上的槍和手機，再把槍口對準了安刑警：

「好，想說什麼說吧。」

「我看到了，閔組長您……」

「不，不是我做的，安刑警！」

「是的，我知道，我正要說這件事。」

「啊？」

「請讓我把話說完。我有看到殺死崔刑警的真凶，但天太黑，看不清楚對方的臉。但我有看到在事情發生之後您跑了過來，他們看見您來就逃走了。」

「他們？所以不是一個人？」

「是的，有兩個人。啊，您現在可以把槍……」

安刑警把手放下，轉身後看見我手中的槍，又舉起了手。哈哈。

「喔，抱歉，我放下槍。手機拿去。」

「謝謝。那兩個人好像都有戴帽子。其中一個人應該是穿著連帽上衣，另一個人是鴨舌帽還戴了口罩，所以我沒看清楚他們的長相。」

「你應該追上去才對，為什麼要追我……。」

「那是因為……南始甫先生突然出現了……。」

「什麼？始甫？」

「是的。他甚至追在您後面，還叫了您的名字，您沒聽到嗎？」

「啊！那個人是始甫嗎？真是的……。」

「我擔心南始甫先生會背黑鍋，所以先把他帶到安全的地方，才追上來找您。」

「啊……原來如此，抱歉，我不知道是這樣。」

「不會，您不知道是當然的。閔組長，您現在可以相信我了吧？我在飯店時也說過，我相信您不是凶手，還有金範鎮刑警的違法……啊，還有姜時民命案的重要物證，也就是行車記錄器影片，已經確認是偽造的。所以……無論是在飯店或此時此刻，我都相信並且想幫助您，希望您也能相信我。」

「好……。既然你都這麼說了……。聽你這麼說，範鎮和蔡非盧很可能是共犯。就像在飯店說的一樣，崔刑警也……」

「這個我知道，我們已經找到了一些證據。」

「不，我說的不是違法事件，而是命案。」

「什麼？命案？」

安刑警沒料到會是如此，顯得很驚訝。

「我還沒有確切物證，但他們兩人和延佑的死有很深的關係。你也知道始甫能看到屍體幻影吧？」

「是的，我知道。」

「我不知道你信不信，不過始甫能從屍體上看見一些重要的線索，至於他看見了什麼……。安刑警，我把始甫的安危看得比我的命更重要，我真的可以相信你嗎？」

「我到底要怎麼說，您才會相信呢？我說過我隸屬於警察廳監察系吧？在飯店也讓您走了，現在也是……請您相信我。」

「好，知道了，我告訴你吧。始甫在延佑的屍體眼睛裡看見了蔡非盧，在李真成的屍體眼睛裡則是看到了範鎮。我也確認了在命案發生當下，蔡非盧和範鎮一直保持聯絡。李真成死的那天，蔡非盧也和範鎮通過電話。」

「真的嗎？您有證據嗎？」

「我拿到了他們的通聯記錄。」

「但要怎麼確定南始甫說的是事實？而且不能因為在眼睛裡看到人，就說他們是凶手吧？這能當作證據嗎？」

「但是到目前為止，所有情況都對得上，所以我相信他。接下來必須找出物證，我就是因為這樣才來這。我知道崔刑警把物證藏在哪裡。」

「真的嗎？」

「對，所以我們快去找出來吧，一起走吧。」

「是，組長。我們現在是同一艘船上的人了，請相信我。」

「同一艘船？哈哈，好，這把槍你收回去吧。」

「是。」

「這就是我們的對話。」

「大哥，你怎麼知道出現在李真成屍體眼睛裡的人是金範鎮刑警？」

「那天你形容的那種服裝穿著，就是金範鎮。」

「你記得他穿什麼？」

「李真成命案發生的當天，為了慶祝延佑升職，大家一起拍了團體照，崔刑警把那張照片傳給了我。範鎮穿著類似的衣服站在笑得一臉燦爛的延佑身旁。還有，我記得範鎮那一晚短暫參加聚會時，身上穿的衣服和拍照時不一樣，於是我找出了照片中他穿的衣服，請國立科學搜查研究院進行鑑定。」

「所以呢？真的是他嗎？」

「沒錯，那件衣服上有李真成的血跡。」

「真的嗎？啊……就是因為這件事，你昨天才沒回來嗎？」

「對，為了找證物和確認鑑定結果，花了一點時間。早上我看了手機才發現沒電關機了，抱歉，讓你擔心……不，你應該很生氣吧？」

「嗯，我很生氣，也很擔心。我不知道事情原來是這樣……。那你找到崔刑警家裡的證據了嗎？」

「有，我找到了。你想知道我發現了什麼嗎？」

「想，是什麼？」

第18話
令人窒息的追擊戰

「閔宇直組長都知道了，他說他找到了證據，但我真的不知道他在哪裡，姜素曇也不知道，請相信我說的，組長。」

金刑警拍了拍安刑警的頭。

「哈哈，安巡警，你也太容易就招了吧？這要我怎麼相信？你是不是在動什麼歪腦筋？」

「不，我剛被派到監察系沒多久，我沒有動歪腦筋的本事，也騙不了人。我只是想保住小命才說的。請相信我，組長。」

「嗯！嗯嗯！」

「喔齁，看素曇的眼神，你說的好像是實話。好，那安巡警，把你知道的全說出來，我就饒你一命。不過你知道在這裡發生過什麼事吧？這可是攸關你的性命，你絕對不能說出去，知道嗎？」

「是，當然，我會把調查蒐集到的證物都原封不動地交給您，請放過我，好嗎？我們不是一起打拚過來的嗎？拜託……。」

「是啊，安巡警你這樣就對了，真讓人滿意。沒別的要說了嗎？」

「嗯……。啊！我想起來了。南始甫也有在崔友植警衛命案的現場。」

「什麼？真的嗎？」

砰砰！

哐！哐噹！

素曇和椅子一塊倒下，她瞪大雙眼，全身扭動不斷掙扎。

「嚇我一跳！喔齁，看妳這個反應，妳和南始甫是那種關係啊？不過，素曇啊，妳要是不乖乖聽話，一不小心可能會先到天堂等南始甫，知道嗎？哎呀，還真重呢，哈哈哈。」

金範鎮刑警扶起連椅帶人摔倒的素曇說道。

「好了，繼續說下去。」

「是的。南始甫在命案現場看見了閔組長，誤以為閔組長是凶手……不，知道了閔組長就是凶手。所以，如果讓南始甫為崔友植警衛命案出庭作證，閔組長就只能束手就擒，而他手上有的證據也會變得不可信，這樣如何？」

「喔，是嗎？南始甫啊……。喂，安巡警，你這下立了大功，蔡非盧系長那邊，我會好好幫你說情，別太擔心。你以後就是自己人了，蔡非盧警正怎麼還會……捨得殺你，是吧？」

「是，組長，您願意給我機會，是我的榮幸。請您幫忙多美言幾句，謝謝，真的很感謝您。」

「這樣才對嘛，先交出手上的證物，其他的之後再說，先證明你的忠誠吧。」

「啊……。那麼我去拿過來給您。」

「不，那可不行，告訴我在哪裡，我去拿。」

「可是那裡……只有我去才拿得出來，證物保管所不是每個人都能進去的。您不是說會把我當自己人了嗎？」

「嗯，呃！呃嗯……。」

這次素曇也睜大眼睛，全身扭動掙扎。

「我喜歡妳這個反應。多虧有她，我才會相信你。」

「謝謝，那麼請幫我解開手銬吧，組長。」

「嗯，你以為我會這樣就放了你？哈哈哈，安巡警，抱歉了，一起去吧。你親手去把東西拿來交給我，我就相信你，要是敢亂來，我可不保證素曇的小命喔，懂了嗎？來，起來吧。」

「我們一起去嗎？這樣會引人注意……」

「別擔心，開車過去，等到了以後你再自己進去就好。把東西拿到我說的地方來，明白了吧？」

「是的，明白。」

「ＯＫ！很好。那素曇也跟我們一起……」

金刑警從口袋裡掏出響起的手機，確認來電者。

「喔齁。」

他接起了電話：

「現在才聯絡上你啊，大哥！……哎喲，當然了，你怕我會像誰一樣殺人嗎？……怎麼辦呢？我現在得去個地方……。怎麼能說是監禁？大韓民國的警察怎麼會監禁善良百姓呢？哈哈哈，隨便你怎麼想。你也該替姜素曇和南始甫著想，別逃了，去自首吧？這才是兩全其美的辦法……。哈哈，你還有心情說笑啊。那就約死六……這裡嗎？我當然好。這裡是鷺梁津路明寶大樓，知道在哪吧？到了再聯絡我。」

金刑警結束短暫的通話後，把手機放回口袋，露出了不懷好意的笑容。

「這些都是李警衛留下的證物，崔刑警把李警衛這段時間蒐集到的USB和案件筆記，收到了自己的藏寶庫裡。崔刑警愛酒，每次我和延佑來他家，都會一塊喝兩杯……。」

閔組長用手粗魯地擦了擦眼淚。

「總之……看了案件筆記後，上面詳細地寫出了你從延佑家發現的那些內容，也把蔡非盧父親和大集團總裁之間的勾結關係，全都記得一清二楚。還記錄了蔡非盧的父親替政界人士和大集團總裁牽線的情況……。USB裡存的錄音檔和帳本明細，我全都看過了。」

「天啊！這事情非同小可，是水門案等級的醜聞吧？」

「沒錯，所以他們才會將延佑滅口吧。他們想抓我可能是想知道這些證物是不是在我這。然而東西卻是在崔刑警手上，他們可能認為崔刑警知道了一切，所以殺了他。」

「那麼把這些證據公開吧，這是組長你洗刷罪名的機會。」

「是個機會沒錯，但帳本明細只是照片檔……。這樣的副本不見得能當作證據。錄音檔也是非法竊聽取得的，不具效力，他們最終會因證據不足而被判無罪。如此一來，其他的證物也都會失去意義。」

「如果證據沒用，他們為什麼非得殺了李警衛？」

「要是延佑還活著的話，事情又另當別論了。我確定延佑手上有原始版本，只是被搶走了。這件事崔刑警也不知情，所以我們必須要找出更確實的物證，在那之前，現有的證據不能公開。」

閔組長看了一眼手錶上的時間，補充道：

「始甫，剩沒幾個小時了吧？你現在很危險，先回水原爸媽家，或今天就回考試院待一天。」

「素曇怎麼辦？」

「別擔心，我一定會找到她，平安送她回家。我才是範鎮的目標，他不會動素曇，頂多是拿來威脅我而已。我會親自去見範鎮，不，我現在就打給他。」

「不行，我要一起去，只要確認完素曇的安全，我就會聽你的回爸媽家或考試院，拜託了。」

「唉……我知道了，你這個牛脾氣，和素曇一模一樣。那等我一下。」

閔組長立刻打給了金刑警，一接通就先詢問了素曇的情況。我在一旁聽他們的對話內容，幸好沒發生什麼大問題，閔組長最後說會去某個地方就結束了通話。

「又想約死六臣公園，這傢伙只知道這個地方嗎？為什麼每次都約那裡。我要先去見範鎮。現在多了一件事需要你去辦。」

「我嗎？什麼事？」

「你去銅雀警局看一下，素曇是不是被關進拘留所了。不知道為什麼我總覺得她在那裡。我會再打給安刑警。要是你見到素曇就馬上聯絡我，好嗎？」

「好的，我馬上去確認。」

「好，快去。」

「哇嗚，怎麼回事……多虧素曇，連閔宇直也自投羅網了，哈哈。安敏浩巡警，得快點去拿證物了，之後會有貴客大駕光臨。」

「啊，是嗎？那事情好像能更快解決。不過，組長，我想去趟洗手間……。其實我從剛才就很急，話都說不太出來。」

「嘖，真是的，怪不得有股味道……哈哈哈。大號？」

「小號。」

「好吧，那就放開你一隻腳，休想亂來。」

「不是說好要相信我了嗎？」

「我個性就是這樣，沒辦法！明知道我不會隨便相信別人。」

「我很急，請先替我帶路吧，組長。」

「哎，麻煩死了。你走前面。」

「是，組長。」

金範鎮刑警走出走廊，用手指了洗手間的方向。

「可是組長，手也要解開才能……哈哈，還是要我直接上？」

「再說一次，休想亂來，我三兩下就能搞定你。」

金刑警一邊說，一邊解開安刑警手上的手銬。

「怎麼這樣說呢？組長，您不是會把我當自己人嗎？相信我吧。」

「等證物交到我手上時，你才會是自己人。少打其他主意，知道嗎？」

「是，組長。」

叮鈴鈴、叮鈴鈴。

這時金刑警的手機鈴聲響起。

「啊……喂，我要講電話，你給我安靜，別亂來。」

銅雀警局拘留所裡沒有叫姜素曇的人，她究竟被帶到哪去了？雖然我還是信不過安刑警……。我甩了甩頭，想甩開腦中浮現的念頭，因為閔組長說過他不是那種人。

這時，我感覺到口袋裡的手機在震動。是陌生的號碼，但我立刻按下通話鍵。

「喂？我是南始甫。」

「南始甫先生，我是徐弼監科長。」

「啊！是的，徐科長，怎麼現在才……」

「抱歉，因為有個緊急會議，現在才知道你有打來。南始甫先生，情況還在釐清當中，現在聯絡不上安敏浩警衛，我們正在追蹤他的訊號位置……。無論如何，一旦確定了地點，我們會派人員前往安警衛的所在地點，請你稍安勿躁，也許姜素曇也會在那裡。」

「真的嗎？那查到時能通知我一聲嗎？」

「你先回家等消息，結束後我會聯絡你。」

「什麼？不是吧……。您要我在家裡等？要是素曇有個三長兩短……不！絕對不行！」

「南始甫先生，我明白你的心情，但請相信警察，耐心等候。」

「要我怎麼相信警察？現在不就是警察綁架了素曇嗎？」

「呃……。對，是這樣沒錯，對此我感到很抱歉。但我不能多說，請相信我，耐心等候消息。那麼就先這樣。」

「……好。」

「不要太擔心，我先掛電話了。」

嘟、嘟。

現在無法得知素曇的狀況，還要我在家等……。不知所措的我狂抓頭髮，突然有個念頭掠過腦海。是啊，去死六臣公園吧。既然如此，直接去找金範鎮刑警是最快的方法。

我走出銅雀警局主樓大廳時，有個熟悉的臉孔映入眼簾，我下意識後退，躲了起來。是蔡非盧，他匆忙地從二樓走下來，四處張望。

我小心翼翼地跟在蔡非盧警正身後。蔡警正環顧周圍後，走到花壇前，轉身與某人通話，我盡可能躲在離他最近的地方。

「是，系長！」

「喂！安警衛的手機，好像可以追蹤到位置。」

「什麼？真的嗎？」

「別擔心，他們現在應該還在瞎忙，哈哈哈。但以防萬一，給我好好搜一下那小子的身，知道嗎？」

「是，不過安刑警說願意和我們合作，趁這次機會，把安刑警拉攏過來，您覺得怎麼樣？」

「安刑警？好，如果可能的話，就試著把他變成我們的人。不行的話，那也沒辦法。」

「好的，我會的。」

「動作快，明寶大樓不要再見血了，懂我的意思吧？好好善後。」

「是，我馬上處理。系長，那個閔……不，沒事。」

「不要再給我捅簍子了。」

喀噠。

「崔友植那小子到底把USB藏在哪裡？害我還得做這種雜事，媽的！」

蔡非盧警正抱怨了一句，整理了一下衣著後再次轉過身來。與此同時，我迅速躲到一根柱子後面。明寶……？我搜尋了一下，是距離這裡不遠的一棟大樓。

可是，這地址莫名眼熟。

「啊。」

當意識到那裡就是我看到李真成屍體的地方，我的腦海發出了「叮」的聲響，震得我腦中一片混亂。

「喂！還沒好嗎？」

金刑警和蔡警正通完電話後，走向安刑警，準備要替他上銬。

「啊，我好了。我洗個手，組長。」

「嘖，知道了，快點！」

「是。」

咻嚕！

金刑警轉身之際，安刑警想趁機扭住他的手臂，豈料金刑警突然轉身舉槍。安刑警嚇了一跳，急忙裝作若無其事，轉身面向洗手台。

「搞什麼？你剛才想幹嘛？」

「喔……沒有，身體有點痠痛，啊哈哈，哈哈。」

「小子，弱不禁風的，快點洗一洗！」

「是！哈哈，原來您有帶槍啊？」

金刑警搖晃著槍，刻意讓安刑警看見。

「當然了，所以小心點啊，哈哈哈。」

安刑警甩掉手上的水，在褲子上擦了擦，試圖拖延時間。

「隨便擦兩下就好了！」

「是，好了，請銬上吧。」

鏘！喀噠！

「走前面。」

安刑警原本打算拿上小號當藉口，在洗手間趁機制服金刑警，但意外出現的槍，讓這個計畫泡湯了。

「素曇，很無聊吧？好啦，我現在要撕掉膠帶了，要是妳又大吵大鬧或是胡說八道，到時就不會只有貼膠帶囉，知道嗎？安巡警，你也不要打什麼歪主意。」

金刑警迅速回頭瞪了安刑警一眼。

「是，組長。」

「好，那撕掉吧。」

金刑警撕下素曇嘴上的膠帶，她大口地深呼吸。

「聽清楚了，安巡警，還有素曇妳也是。殺死妳爸的人是閔宇直，我只是想讓閔宇直揍他個幾下再藉此教訓他，沒想到閔宇直把事情鬧大，真的把妳爸打死了。」

素曇用怨懟的眼神瞪了金刑警一眼。

「嗯，妳那眼神是在問為什麼要教訓閔宇直吧。因為當時有很多傳聞說他要升職，被調去警察廳。

那個位子應該是我們蔡非盧系長的才對，但不管怎麼努力都升不了官。蔡警正能力好又怎樣，還是敵不過老鳥。所以，我想如果閔宇直受到懲戒，蔡警正就能代替他升遷。忠心如我，才制定了完美的計畫。哈哈哈，雖然對妳很抱歉。總之，是因為我……」

「這和你一開始說的不一樣，你不是說蔡系長拜託我爸做事嗎？這一切不是他計劃的嗎？」

「喔？嗯……是這樣嗎？啊哈哈。不對，是我聽了蔡系長的話，去拜託姜時民。反正，現在重點不是這個……。」

「那您為何要造假李真成命案？」

「喂，安巡警，素曇也在聽！哎，事情變成這樣……。好，你想想看，再怎麼說閔宇直都還是警察，要是被媒體發現警察殺了人，那局長不就完蛋了嗎？局長完蛋，蔡非盧系長也別想榮升了。所以啦，我們要李真成進去待幾年再出來。」

金刑警舔了舔嘴唇，彷彿是在講自己的英雄事蹟一樣得意地高談闊論。

「他只要堅稱自己酒後失手殺人，就能被判緩刑。但李真成那個小嘍囉……哇，竟然獅子大開口。還膽大包天威脅我！但我還是盡量滿足他的要求，哪曉得那傢伙居然收了訂金就消失了，以為我們抓不到他？我們把他抓到這裡來好說歹說，才發現他已經把錢花光了。」

「所以你就殺了他！」

素曇漲紅了臉，惡狠狠地瞪著金刑警。

「我就說不是啦，素曇啊，妳要把話聽完。他把錢花光了卻拒絕進去蹲，真是得寸進尺，我想教教他做人的道理，誰曉得那傢伙居然偷藏了刀，真是的……。之後的事妳都曉得了。那傢伙自己不小心從頂樓摔下去，掉下去的時候被刀刺傷。真的不是我做的，相信我，安巡警。」

「是，我相信。李真成那傢伙真是太壞了，但為什麼要嫁禍閔宇直……？」

「喔，那個啊……因為沒有人背鍋啊，閔宇直就是……衰而已，沒權沒勢又沒錢，不就會變成這樣嗎？這世道，你懂的吧？」

「喔……是的，我明白。」

「是啊，事情就是這樣，哈哈哈。……不過，等等。」

金刑警突然對安刑警的搜身，像是在找什麼。

「您在做什麼？」

金刑警搜完安刑警後走向素曇，像打招呼一樣張開雙手說道：

「素曇，抱歉，我會盡量小心的。」

「你想做什麼？把手給我拿開！」

「哎喲，一下子就好，歹勢啦。」

金刑警說完又繼續對姜素曇搜身。

「嗯，很好……。啊，我是說沒有竊聽器很好，哈哈哈，別誤會。」

「喂，你這個混蛋！竟敢性騷擾！」

「搜個身怎麼被妳說成性騷擾，太過分了吧，素曇。哈哈哈。」

「噁心的傢伙……。人是你殺的吧？」

「啊？素曇啊？妳剛才說什麼？」

金刑警殺氣騰騰地看著素曇，安警衛連忙插話：

「組長！組長！哎呀您真是的，相信我吧。我這麼突然被抓到，怎麼可能有時間帶竊聽器。」

「嗯？什麼意思？意思是如果不是突然被抓，你就會帶嗎？哈哈哈哈。」

「啊哈，哈哈哈哈……。」

「哇……不過這枝筆看起來很不錯呢？安巡警，看來你家境很好？」

「不是的，這是我父親送我的生日禮物……。」

「這樣啊，嘖……也是啦，看你都會把筆夾在外套上對吧？」

「是的，因為我記性不好，所以習慣帶著……。哈哈哈。」

啪！喀吱！

金刑警露出笑容，將筆掉到地上，用腳踩爛。

「哎呀！怎麼辦？太不好意思了……」

叮鈴、叮鈴。

手機鈴聲一響，金刑警立刻把素曇和安刑警的嘴貼上膠帶。

「組長，為什麼連我也要……」

「安巡警，要我說幾次？證物！」

金刑警衝著安刑警笑了笑，按下通話鍵，把手機放到耳邊。

「你來啦？請等一下，我馬上去接你。……哎喲，你就等我過去就好了。……看來你很常被騙啊。對人有點信任吧。我自己一個人去。……OK，我現在過去。」

短暫的通話結束後，金刑警露出令人毛骨悚然的笑容：

「我去帶貴客過來，你們等一下，很快就回來，哈哈。」

「喔，真的一個人來啊？」

「怎麼如此不信任我？大哥，我是範鎮啊。」

「是啊，範鎮，真是謝謝你還願意喊我一聲大哥，不過素曇在哪裡？她只是一般民眾，沒必要這樣對她。」

「大哥現在好像不是擔心別人的時候吧？都已經自身難保了。也是啦，你就是天生的聖人。」

「範鎮！你為什麼要做這種事？一定要做到這種地步嗎？是因為蔡非盧？」

「真是的……喊你一聲大哥，還真的教訓起我來了？我要先搜身，向後轉吧。」閔組長轉身，金範鎮刑警走到他身邊，從上到下仔細地搜了一遍。

「手機我先收起來了。還有別擔心姜素曇小姐，她很安全，我會帶走她，只是因為有幾件事要確認，那麼，我們上樓吧？」

「啊，可是範鎮啊，我在過來這裡之前，蔡非盧系長和我通過電話……。他說要和我見面，有要事商量。」

「什麼？哎，你可真愛撒謊。」

「不，是真的。不久前，蔡非盧系長還在抱怨說你的貪汙讓他很頭痛，也說你是李真成命案的真凶，不是吧？真凶是蔡非盧那傢伙吧？」

「聽你在瞎扯。你以為這樣說我就……」

「範鎮！我為什麼要騙你？我是擔心你。」

金刑警環抱雙臂，嘲笑似地望著閔組長。

「你仔細想想，廣域搜查隊到現在還抓不到我，不覺得很怪嗎？代表他們根本不打算抓我，大概發現是搞錯了。但是你……啊！你不要誤會，先聽完。我從安刑警那裡聽說了你貪汙的事，也知道你住在新沙洞別墅還開賓士……」

「什麼？你沒去逃亡，反而是跟蹤我？該不會現在也帶了影子[*6]來吧？」

「沒有，我一個人來。我怎麼也想不通為什麼要誣賴我。這麼沒頭沒腦地把我這種咖當作凶手，上面

＊6：指跟蹤者。

的人不會覺得奇怪嗎？這沒道理啊，難道不是嗎？但你知道蔡非盧那傢伙要我自首時說什麼嗎？」

閔組長看了看金刑警的臉色，欲言又止。

「……別賣關子，說吧。」

「我剛才也說過了，他要我去自首，但他會讓你變成犯人，代替我去坐牢！我是說真的，範鎮。」

金刑警滿臉不信，歪著頭看了看閔組長。

「……哈！哇，我差點又上當了。閔宇直，你給我聽好，南始甫也有說到這件事，他的說法和你的有出入，他說是你要送我去坐牢。」

「什麼？不是的。始甫聽錯了，確實是蔡非盧這樣說的，千真萬確。」

金刑警撇嘴思考了片刻，接著搖了搖頭說：

「好，就算是這樣，你怎麼不照蔡非盧說的做？為什麼來這裡？就只為了救姜素曇？」

「那也是原因之一，但是……範鎮，你和我……儘管處不來，但畢竟我們在同一個局裡打滾這麼多年，不是嗎？你忘了我是第一個帶你的人嗎？」

閔組長痛心疾首地搥打胸口，走向金刑警：

「我帶過的人身陷危機，我怎麼能睜一隻眼，閉一隻眼？雖然這關係到我的性命，但你……」

金刑警伸手制止了閔組長再靠近，並打斷了他的話，說道：

「等一下！停在原地。讓我想想。看到我手裡的槍了吧？讓我想一下。」

「好，你仔細想想，必須找出你和我都能活下去的方法……」

「可惡，給我閉嘴！我叫你安靜！大哥你安靜。」

在我到達明寶大樓附近時，遠遠就看見閔組長與金刑警的身影。應該在死六臣公園的閔組長卻在大樓旁的巷子裡，看來是這裡沒錯。我下了計程車，躡手躡腳走向他們，偷聽對話。

「大哥，我實在無法相信，蔡非盧……沒錯，系長他雖然脾氣差，但原本就是個聰明人，有可能會打這種算盤……。但我要怎麼相信大哥你？要我相信就拿出證據來。」

「啊……。早知道會這樣，我就應該錄音的，現在向我要證據……」

「不要耍花招，大哥，我好歹也幹了十年警察。」

「喂，誰跟你耍花招？要證據……啊！對了！你說安刑警也在這裡對吧，我怎麼現在才想到？安刑警在市廳前的飯店見了蔡非盧，當時我聽到安刑警和蔡非盧的對話，蔡非盧要他好好監視你，李真成命案造假的事也是蔡非盧透露的。現在去問安刑警就知道了，來吧，先進去……」

「等等！他要安刑警監視我？還跟他說李真成命案造假？蔡非盧這傢伙……。」

金刑警的表情瞬間扭曲。

「沒錯，你不信就親自去問安刑警。安刑警看起來不像蔡非盧的人。」

「可惡！這究竟怎麼回事！蔡非盧那王八蛋在搞什麼飛機！」

「範鎮，所以我們要齊心協力，揭發蔡非盧的不法行為。你也是知道的吧？所有命案的幕後主使都是蔡非盧，對吧？」

「唉，先上去吧。我要先確認。」

金刑警漲紅了臉從後門進入大樓，我悄悄地尾隨在後，看到他們站在電梯前，立刻閃身躲起來。過沒多久，我看見他們搭乘的電梯停在十樓，便搭另一台電梯上樓。

我一踏入十樓的走廊，某處傳來了巨大的聲響和吵雜聲。

砰！

「嚇我一跳！」

「門關得太緊而已，當刑警幾年了還這麼大驚小怪？」

「哈哈哈，就是說啊。年紀大了，動不動就被一些小事嚇到，哈哈。」

「真麻煩，進去那個房間吧。」

「什麼？啊……那間嗎？」

「對！就是那個房間，那裡！」

我一走到剛才發出聲音的地方，就聽到閔組長熟悉的聲音，還有金刑警正不耐煩地敲著緊閉的房門。

「喔喔，知道了。」

「為什麼要讓我重複兩次一樣的話，煩死了。」

傳來門打開又關上的聲音之後，走廊又變得悄然無聲。

閔組長先開門進入房內，金刑警跟在後面。

「素曇！安刑警！你到底做了什麼，金範鎮！」

「嚇到了嗎？你怎麼老是動不動就嚇到，這又沒什麼。坐那裡吧，我給你特別待遇，不戴手銬，哈哈哈。但可別忘了這裡有把槍，我可不想在這裡見到更多血。哈哈。」

金刑警朝閔組長舉起槍，露出卑鄙的笑容。

素曇看著閔組長，嘴巴動了動，似乎想說什麼卻沒說出口。金範鎮刑警拿下貼在安刑警嘴巴上的膠帶，問道：

「安刑警，還好嗎？」

「閔組長，這到底是怎麼回事？」

「什麼怎麼回事？你們真心換絕情啊，哈哈哈。」

金刑警手指著安刑警與素曇，幸災樂禍地大笑。

「先別問了，你快告訴範鎮你在飯店和蔡非盧說了什麼吧。」

「什麼……？」

「你們在飯店談到的，關於範鎮的事。」

「什麼？您怎麼知道？您偷聽嗎？」

「抱歉啊。不過現在那不是重點，你只要將詳情告訴範鎮就行了，安刑警。」

「是啊，安巡警，老實招來吧。可別撒謊啊，只要你有半句謊言，明白吧？這把槍不知道會做出什麼事喔。」

金刑警用手指了指著高舉的槍。

「金刑警，我知道了，拜託放下槍，我不是都說了嗎？給我機會吧，我會一五一十地告訴您。這不是什麼難事，我會老實講……拜託，放下槍……。請放下槍吧，槍害我心驚膽戰的，話都說不清楚了。」

「OK，好啊。來，我槍放下來了，現在快說吧。」

從外頭什麼聲音都聽不見，我放輕動作，緩慢轉動門把。不知該說是幸運嗎？玄關門沒鎖，我往屋內一看，好像正在施工，到處都是桌子與椅子，施工材料也堆得到處都是。

我謹慎地走進屋內，聽見了其他房間傳來模糊的聲音，是安刑警。

「金刑警，是真的，事情就是我說的這樣。」

「看吧，範鎮，我沒說錯吧？他想讓你替我去吃牢飯！你現在相信了嗎？」

「你立刻當著我的面打電話給蔡非盧系長，假裝這裡只有你，現在馬上打！」

「範鎮，你又不是不知道蔡非盧那傢伙警覺性有多高。開擴音的話，這裡的噪音全都會被聽見，我們現在都能聽到窗外的車聲了……。」

「好，我記得包包裡有耳機。」

傳來了很多東西掉落地面的聲音，聽起來像是包包裡的東西被翻出來倒了一地。

「在這裡。姜素曇，借用一下。妳年紀也不小了，竟然還在包包上掛娃娃？哈哈哈。拿去，戴上耳機，馬上打給他。要是敢亂來，知道會怎樣吧？你的頭等著被轟飛。」

「喂，範鎮，幹嘛這麼嚇人？你怎麼會變成這樣？」

「又來了！又想教訓我！大哥，你真的很不了解我耶？」

「知道了，別激動，我打給他就是了。」

「失火了！」

嗶、嗶嗶、嗶嗶嗶！火災警報聲大作。

「失火了！失火了！」

「什麼？該死，全都不准動！」

「失火了嗎？」

「我們得快點離開這裡，放了安刑警和素曇！快！」

「該死……。給我閉嘴！乖乖待著！我去看一下怎麼回事，不准動！」

金刑警的聲音越來越近，聽起來像是朝門口走來，在門打開的那一刻，我猛力一推。

砰！

「啊！搞什麼？」

金刑警被門撞倒在地上打滾。突如其來的騷動讓閔組長看傻了眼，和我對視後也沒能回過神。

「組長！快。」

「喔、喔！好。」

閔組長迅速跑向摔倒的金刑警，一腳踹向他的腹部。

「啊呃！」

「金範鎮，不准動！槍現在在我手上了。」

「怎麼回事……」

閔組長快速撿起金刑警掉落的槍，將槍口瞄準他。

「始甫，發生什麼事？我們先出去吧，好像失火了。」

「沒有，是我做的。」

嗶、嗶嗶、嗶嗶嗶。

「只要有手機，火災警報不過小事一樁，哈哈哈。」

我拿出播放著警報聲的手機，忍不住了笑出來。

「哇，始甫！你竟然想得到用這招？真的是當警察的料。先去拿鑰匙，幫素曇和安刑警解開手銬。」

「啊，好的！」

我小心翼翼地撕下素曇嘴上貼的膠帶，她傷心地啜泣著。

「素曇，妳還好嗎？」

「始甫哥！始甫哥……嗚嗚……。」

「沒事了，別哭。等我一下。」

我解開素曇的手銬，接著也將安刑警的手銬解開。

「謝謝，南始甫先生，沒想到你會這樣驚喜現身。閔組長，現在要怎麼辦？」

「先給範鎮上手銬。」

「是。」

「喂，安敏浩！安警衛！你剛才全是在說謊嗎？」

「怎麼會呢，我這人只會說實話。蔡非盧系長是真的打算逮捕你。該醒醒了吧，金範鎮警衛。」

「什麼？你敢直呼我警衛？醒醒？哈哈，很好，你以為這樣事情就結束了嗎……？但是大哥，你要搞清楚，蔡非盧可不是一般貨色。看來我們得到法院再聊了。大哥你贏了，哈哈，哈哈哈哈。」

金刑警像是自暴自棄般，苦笑著說道。

「範鎮，現在還不遲，坦承一切為自己的罪行付出代價，重新來過吧。」

「嘖，真是謝了，哈哈哈，該死。」

「金刑警，把手放在背後。喂！你想做什麼！」

就在安刑警要將金刑警上銬時，金刑警瞬間抓住安刑警的手臂，往後壓制，接著從後口袋裡掏出了一把刀，架在安刑警脖子上。原來剛才的自暴自棄是只是偽裝。

「範鎮！不要這樣！放下刀！安刑警你冷靜，不要動。」

閔組長舉槍瞄準金刑警，用空出的那隻手作勢安撫安刑警。

「大哥，別輕舉妄動喔，不然安巡警會受傷的。安巡警只要乖乖不動就不會有事。好了，現在慢慢走出去。」

「素曇，始甫，你們兩個到我身後。」

我牽著素曇的手，小心翼翼地退到閔組長身後。

「範鎮！放棄吧。不要再犯下更多的罪了，快把刀放下投降。」

「真幽默啊，你以為你們幫我，我就能活下去嗎？蔡非盧不會放過我的！你怎麼還搞不懂？大哥，你就是這樣今天才會淪落到這地步。」

「金範鎮！拜託住手。」

「金刑警……」

「閉嘴，安巡警！你再說一句話試試看，脖子上可是會多出一條線。」

「安刑警！不要動，聽範鎮的話不要輕舉妄動。範鎮，我知道了，你先放了安刑警。看好了，我要放下槍了。」

閔組長說著，一邊放慢動作，作勢要把槍放在地上。

「你放了安刑警就趕緊逃跑吧。拜託，不要再殺人了！」

「再？哈哈哈，說得好像你什麼都知道……。在這種情況下，還想試探人啊，不愧是閔宇直組長。

好！你把槍放下，待在原地不准動直到我離開為止。我會在電梯前放了安巡警，不准跟出來！」

「我會跟著你出去，但我保證我會離電梯很遠，這樣沒問題吧？」

「哼，好吧。要是你把槍口往上舉，安巡警必死無疑，懂了吧？」

「知道了。安刑警，不要輕舉妄動。」

「是啊，安巡警，除非你想不開，否則乖乖聽大哥的話。」

安刑警微微點頭，沒說話。

「好，慢慢走。大哥，再離遠一點，慢慢走過來。」

金刑警、安刑警和閔組長放慢腳步往外走，電梯離這裡不遠，短短的距離卻令人窒息。

「記住了！總有一天，我會算清這筆帳。」

叮！電梯到達的聲音響起。

「你先進去！」

金刑警扯著安刑警一起進了電梯，在電梯門即將關閉之際，他將安刑警用力推出電梯門。

啪！

哐砰！

「安刑警，沒事吧？」

「我沒事，快追金刑警……」

「現在追上去也沒用，先看看有沒有受傷。」

「安刑警，你還好嗎？」

「我沒事。」

素曇克制不住湧上的情緒，雙唇之間發出顫抖的呼吸。

「閔組長，始甫哥……我在金刑警手背上看到了……行車紀錄器裡拍到的傷疤，一模一樣。」

「素曇！是真的嗎？」

閔組長沉默地檢查安刑警的傷口，彷彿早就知情。

「我們要儘快把安刑警送到醫院，傷口不深，但還是得儘速接受治療。」

「組長，我沒事。趁現在還來得及，我們必須逮捕金範鎮。」

「我說過了，現在抓他沒用。沒有證據，就算抓到人，也沒辦法連蔡非盧一起送辦。蔡非盧絕對會放走範鎮。我們沒證據。」

「我知道，可是……啊！我有錄下剛才的對話。」

「你有錄音？」

「真的？用什麼錄的？」

「姜素曇小姐，妳帶著包包吧？不好意思，能借一下嗎？」

「我的包包？」

素曇一臉驚訝，將包包遞給了安刑警。

「這是我收到的娃娃禮物……。」

「等一下，就是這個。」

安刑警細看掛在包包上的企鵝娃娃，從企鵝娃娃身上取下了某個微小的東西，說道：

「妳還記得千戶站的事嗎？」

「什麼時候……啊！原來那時候你不是因為喜歡才借娃娃去看的……。」

「非常抱歉，為了以防萬一，所以我在娃娃上貼了竊聽器。還有，南始甫先生，你還留著我給你的筆嗎？」

「啊，在警察廳給我的……等一下，在這裡。」

我將無意中放進口袋的筆遞給安刑警。

「那是什麼？也是錄音機嗎？」

「是的，姜素曇小姐，還有南始甫先生，很抱歉。在警察廳時，蔡警正突然要我回局裡，我沒辦法保護你。我看到姜素曇小姐坐上金範鎮刑警的車，只能追上去……。」

「你為什麼不請警方支援，而是單獨行動？」

「唔……。因為金範鎮刑警在那種情況下，一定會推卸責任。經我判斷，姜素曇小姐沒有立即的生命危險，所以擅自決定再觀察一陣子……。對不起，組長，我沒想到蔡系長會突然出現……。不，這都是我的錯。對不起。」

「你起碼可以先告訴我。」

「我認為南始甫先生如果知道後來這裡，連你都會變得危險。我在各方面的判斷都出了錯，很抱歉，南始甫先生。」

閔組長這才鬆了一口氣，擦著汗整理了頭髮。

「是啊，始甫，安刑警已經道歉了，這樣就夠了。幸好素曇平安無事。」

「始甫哥，謝謝你，你又救了我一次。」

「我也欠了你兩次人情，很感謝你。」

「大家都平安無事，真是太好了。安刑警你欠我兩次人情，以後一定要記得還，哈哈。」

「兩次？那是什麼意思？」

「啊，我小學的時候有發生過一些事，之後再跟你說。」

安刑警微微一笑，接著開口整理現在的情況：

「組長，這裡錄下的對話應該能證明金範鎮與蔡非盧的關係吧？」

「嗯……。必須先聽過一次確認。不過，安刑警你得先快點去醫院，始甫和素曇也一起去。」

「那組長你呢？」

「我……不過你怎麼一直叫我組長？素曇也是。」

「啊……可能是因為我太沉浸在調查之中了，哈哈哈。不過這重要嗎？大哥！這樣叫行了吧？」

「是啊，很好。叫大哥，素曇也叫叔叔，哈哈。」

「大哥，不要扯開話題。你要去哪裡？」

「沒有，我們會一起行動，還要聽錄音內容，也該聯絡徐科長了……。你有他的聯絡方式吧？」

「有的，組長，我來聯絡科長。不過……請借我手機。」

「什麼？你沒手機？」

「剛才好像被蔡非盧系長拿走了，所以警方才沒能找到這裡。我的手機有定位追蹤功能，如果手機在我手上，徐科長早就帶警察過來了。」

「原來如此，知道了。拿去，用這支手機。」

「咦，您還在用折疊式手機嗎？」

「喔……。嗯，對啊，你就用吧。」

第19話
生死關頭

我們在一樓大廳等待救護車。很快地傳來了救護車警笛聲，沒過多久，徐科長慌忙跑了過來。

「徐科長，您來了。」

「喔！安警衛，你沒事吧？」

「沒事，非常抱歉，我讓金範鎮刑警跑了。」

「不用道歉，我才該道歉，應該更早來的，結果只顧著追蹤定位浪費了時間。姜素曇小姐，真的非常抱歉，嚇壞了吧？有沒有受傷？」

「啊，沒有，我沒事。」

「科長，如果不是南始甫先生的話，事情可能會更嚴重。多虧了南始甫先生機智的反應，我們才得以脫險。」

「啊，沒錯！南始甫，真的非常感謝你，這些應該是警察要做的……。說來真是慚愧，沒臉見你。關於這次的事，下次一定會補償你。首先，安警衛趕緊去醫院，趙警查[7]，過來！快送安警衛去醫院，還有這邊兩位也一起送過去，要保護好他們的安全，知道嗎？」

「是，知道了，科長。」

趙警查帶著安刑警走向救護車。

「徐科長，我們要去哪裡？」

「我們會送你們去安全的地方，閔宇直警監再三交代，一定要保護你們的安全，他在電話中不斷強調這件事。」

「您知道閔組長現在在哪裡嗎？」

「原本想在這裡見面，但我聯絡不上他。安警衛說他會聯絡我……。你們也不知道他去哪了嗎？」

「他說會和我們一起來見科長，要我們先在這裡等著……。」

「是嗎？他到底在想什麼……。你們先跟著趙警查走吧。」

趙警查送安刑警上了救護車後，不知何時又站在了我們身旁。

「這邊請。為了保護兩位證人的人身安全，我們會把你們送到安全屋去，請跟我來。」

「啊……好的。」

素曇和我跟著趙警查上了一輛轎車，車子開過漢江大橋後又行駛了一段時間，在趙警查的指引下，車子來到了一間普通民宅。看起來平凡無奇，不像什麼祕密場所，但也許這種平凡的地方更安全。

我們各自進房，但素曇立刻來敲了我的房門，說一個人很害怕。看來她還在因明寶大樓發生的事傷心，她靠在牆上，用手捂著嘴強忍淚水，靜靜地抽泣。最後克制不住傷心的情緒，放聲大哭。我能做的只有將她擁入懷中。

她哭了好一陣子，靠在我的肩膀上沉沉睡去。對素曇來說，這是格外身心俱疲的一天。

我掀開被子，輕輕地讓她躺到床上。既心疼淚流滿面的她，又覺得那模樣令人憐愛。

＊7：韓國警衛之一，位階高於警長，低於警衛。

「素雲，對不起，還有，我愛妳。過了今晚，一切都會結束的。在那之後，我們去約會吧，要是……要是我有個三長兩短，妳也不要太傷心，也不能想不開，知道吧？」

素雲沉沉睡去，我握住她的手，撫摸她的頭好一陣子。

確認素雲進入熟睡之後，我走到前院想吹吹風。初夏的夜晚沒有涼風，但夜晚的空氣仍舊令我精神為之一振。

在這裡度過一天後，我就能平安無事了嗎？閔組長去了哪裡？鷺梁津站？如果真去了的話，他一個人去那裡打算做什麼？還是說他去了別的地方……所以才活下來了？如果不是的話……。

我現在是不是應該去鷺梁津站救閔組長？我自己又會變得如何呢？我是不是應該去月台的樓梯，設法直接躲過死亡？只有這樣我才能全身而退不是嗎？時間越來越近，憂慮也越來越深。

「閔宇直大哥！你在哪裡？我一個人來的。我才遲到一點就走了嗎？我真的是一個人！不要害怕，出來吧。閔大哥！」

正打算走下月台的蔡非盧警正觀察著四周，尋找閔警監的身影。躲在月台盡頭，注視蔡警正的閔警監慢慢地走了出來。

「喂，非盧！別再喊了，現在都幾點了？你遲到了三十分鐘，我本來想直接走人的，但我大發慈悲留下來，你最好給我記住。」

「嘿，不愧是大哥，真是謝了。」

戴著眼鏡的蔡警正走到閔組長身邊。

「什麼鬼？你為什麼戴眼鏡？我心好痛，看來你也老了啊，哈哈哈。」

「看起來不像心痛啊，應該是很開心吧？哈哈，因為我今天有要看清的事情。」

「是嗎？哎呀，眼鏡不適合你，你不戴眼鏡好看多了。」

「感謝你的意見。別再瞎扯了，找我什麼事？」

「你真的是自己一個人來嗎？我擔心有個什麼萬一所以一直在觀察你，大概是我背後被捅過太多刀了吧？」

「幹嘛說這麼喪氣的話……。你在電話中說要跟我講的事到底是什麼？」

「啊……。你這是在裝傻嗎？那我說了，豈不是自討沒趣？」

「又來了。好，那就算了，打開天窗說亮話吧。」

「是啊，這種態度還差不多。你一開始並不是這樣的人，是因為你父親才變成這樣嗎？所以非得殺了延佑？」

「大哥！你在說什麼我聽不懂。」

「聽不懂？好，那我就讓你聽得明明白白。聽清楚了。」

閔組長拿出小型錄音機，按下播放鍵。

「爸，您大老遠跑來這裡做什麼？這裡人多……。」

「非盧，你以為我想來？還不是你爸我都要吃牢飯了。你明明都知道，打算袖手旁觀嗎？你難道忘了我會這樣都是為了誰？」

「爸，沒有人拜託過你，是你自己擅自決定的，不是嗎？」

「什麼？擅自決定？我說的時候，你可沒反對！這可不是推我去送死就能了事的，這關係到沈會長和黨代表，不儘快解決，會影響黨的存亡！」

「爸，那個……」

喀噠！

閔組長按下停止播放。

「聽這些應該夠了吧？夠清楚了嗎？現在懂了沒！」

「……所以呢？閔大哥，你想怎樣？這和延佑有什麼關係？能證明錄音裡的聲音是我和我爸嗎？」

「喂，非盧，你睜眼說瞎話的本領可真了不起。對話裡提到了你的名字，還想賴？」

「我哪有要賴？閔大哥，老實說，這種錄音檔有心就能偽造出幾百個，你不是也很清楚嗎？自己也是能做出這種東西的人。」

閔組長早就料到這種情況，揚起了一邊嘴角。

「我就知道你會這麼說，那聽聽看這個？」

閔組長快速倒轉錄音檔，再次按下播放鍵。

「金刑警！這是哪裡？你不是說是案發現場嗎？」

「請等一下，李刑警。」

「誰要來……咦！蔡系長，您怎麼會來這……？」

「李延佑，是我想見你。我打聽過了，原來是你啊？是你向警察廳告發我和範鎮？你以為我會被蒙在鼓裡吃悶虧嗎？在你告發之前，我已經先動過手腳了，但範鎮的貪汙事件馬上就被報了上去，而範鎮和我有點……你應該很清楚吧？」

「什麼意思？」

「你這樣我會有點傷心喔，我話都說到這了，你起碼要下跪求饒吧……。竟然還告發範鎮，是不是太過分了？再怎麼說，大家都是混口飯吃的，你真沒人情味，所以你啊……。唉，反正你就是這樣。」

「蔡非盧系長，我不知道您究竟在說什麼。」

「喂！混帳！我話都說這麼白了，你還不快給我跪下求饒啊！操……氣死我了！」

「李警衛，如果你現在老實承認，請求原諒……」

「蔡非盧系長，總有一天會真相大白，我只是稍微提早做這件事而已，您應該去自首……」

「喂！閉嘴！我可不是想聽這些才帶你過來！」

「範鎮，想清楚，現在還不遲……」

「金刑警，還等什麼？」

「是，系長。延佑大哥，抱歉了。」

「什麼？你想做什麼……嗚……噢。」

喀噠！

「非盧，你一定要做到這種地步嗎？你甚至想把罪名嫁禍到我頭上？喂，蔡非盧！你還算人嗎？你這個惡魔！還問我想說什麼？要我說得明白一點？蔡非盧，這是最後機會。坦白一切去自首，這是你唯一的活路！」

「嘖！沒辦法了，我本來不想這麼做的。」

蔡非盧警正從外套掏出手槍，朝著閔組長扣下了扳機。

砰！

「呃！嗚呃……可惡！該死的……啊啊……。」

子彈穿過了閔組長的腿，血流如注，閔組長跌坐在地，發出痛苦的呻吟。

「聽好了，閔宇直。事已至此，我不能留你活命。但還有一個辦法。你手上的證據在哪裡？現在這個一定只是複本。正本在哪裡？把證物交出來，那我就饒你一命。」

「你要、呃……哈哈，要我相信你？我看起來像傻子嗎？」

「呵！還笑？好，那也沒辦法了。」

蔡警正再次舉起槍瞄準了閔組長。

「等一下！我知道了，我知道了，呼……幹嘛這麼心急。呼……。」

閔組長從褲子口袋裡掏出鑰匙，遞給蔡警正，說道：

「這是地鐵站置物櫃的鑰匙，我都放在那裡了，你拿走吧。你答應會放過我對吧？你要遵守承諾，呼……。」

「怎麼回事？這麼乖就交出來？光憑這個鑰匙就要我相信你？」

「媽的！不然你要我怎麼辦？呃……你一副要殺死我的眼神，我怕了，所以把證據給你……呼……你自己去看。」

「是嗎？好。那我現在就去……你以為我會這樣說嗎？哈哈哈哈。」

蔡警正卑鄙地笑了笑，打給了某人：

「金刑警，你現在馬上到地鐵置物櫃，檢查四十四號櫃裡放了什麼。」

「什麼？但我沒有鑰匙……」

「腦子裝屎啊！直接撬開！撬開你會不會！」

「啊，是！明白了。」

嘟！

蔡警正掛斷電話，馬上破口大罵：

「呿，這個蠢貨……閔宇直，我讓你多活一下。雖然說不管你有沒有說謊，你都死定了，哈哈哈。」

「什麼？我要你一個人來，你還是把我的話當耳邊風啊……。果然了不起。蔡非盧，好……與其被抓去關一輩子，我寧願死在這裡。但讓我死得瞑目吧。你到底為什麼殺了姜時民？」

「什麼？我殺誰？是範鎮那小子說的嗎？才不是我，是範鎮幹的。既然你都要死了就成全你吧，凶手是範鎮，都是他做的。」

「什麼？範鎮……為什麼？沒有必要殺他不是嗎？」

「嗯，真要說來，是你殺了他。」

「你說什麼！嗚呃……什麼叫我殺了他？」

「喔齁，生氣啦？別這樣，傷口會更痛的，哈哈哈。我沒想到打個人就能輕易阻止你升職到警察廳，早知道這樣，就不會殺了他……不，範鎮就不會殺了他，哈哈哈。」

蔡警正卑鄙地笑著，低頭看閔組長。

「什麼？就只是因為升職……你這混帳……呼。」

閔組長痛苦地表情扭曲，重重一拳打在地面。

「哇嗚，冷靜點。我也不知情，是範鎮太忠心了，他自己也想當組長，不過那又怎樣呢？大家不都是如此嗎？這時候利用善良的百姓很正常啊？少了一個普通老百姓，這個世界會有什麼差別嗎？能上新聞版面嗎？你說只是因為升職？這就是你現在落到這般下場的原因！這才只是剛開始。從現在起，我會踩過一個又一個人，爬到最高處，整個世界都會變成我的掌中物。你絕對不會懂那個滋味。輸家是絕對不會懂的，哈哈哈。」

閔組長表情扭曲，像是要朝蔡警正臉上吐口水似地說著：

「喂！嗚呃……。你知道自己已經瘋了嗎？蔡非盧……。嗚呃。」

「是啊，我瘋了。這世上有不瘋的人嗎？這是個只有瘋子才能生存的地方。閔宇直，你這個沒用的傢伙，現在懂了嗎？所以說，你早就該培養自己的勢力，爬到高處對付我這種傢伙才對！你要踐踏我才對！要是你早這麼做，就不會變成今天這副模樣，不是嗎？就像我現在對你做的事，你早該如此的，哈哈哈哈哈！」

閔組長深吸一口氣，開口說道：

「所以，延佑也是你殺的？為了隱瞞你們做的事？」

「啊，其實我不想殺延佑，畢竟大家都是一家人，不是嗎？可是……延佑那傢伙蠢得無可救藥，就像閔大哥你一樣，哈哈哈。怎麼說都說不通，要是他抱我的腿求我，把證物交出來，我就會饒了他。唉，他太死腦筋了……到死都還在勸我自首。瘋子！說到底，名師出高徒，閔大哥，這麼看來都是因為你，不是嗎？友植也是。不管怎樣都要跟對前輩才行啊……。嘖。」

蔡警正發出嘖嘖聲，一臉失望地俯視著閔組長。

「你在……胡說八道什麼！廢話少說！……你們這些瘋子……到底殺了多少人。」

「事情都是因你而起，你卻這麼說，我太傷心了。要不是因為你，事情也不會鬧得這麼大，要是你閉嘴乖乖去吃牢飯該多好。所以說啊，為什麼要妨礙別人大好的前程？擋我者……」

［花開的……］

這時手機鈴聲正好響起。

「啊！等一下。」

蔡警正接起手機，與這個情景不相稱的鈴聲戛然而止。

「是的。裡面有一個文件袋和一個USB，還沒辦法查看USB的內容……。咦？南……」

「嗯，怎樣，找到了嗎？」

「快說！」

「蔡警正，南始甫往那邊走過去了。」

「什麼？你先檢查USB的內容後打給我。不，你馬上過來。」

嘟！

蔡警正一掛斷電話就把槍瞄準了閔組長，說道：

「現在真的沒時間了。」

「蔡非盧……。所以友植也是你殺的嗎？友植也知道你們做的事……不，他應該是知道你們殺了延佑吧……。」

「想像力可真豐富……。好！我大發慈悲告訴你，沒錯，是我殺的。至於為什麼？不是你想的那個原因。哈哈哈。你知道這些就夠了，去死吧。」

蔡警正舉起槍瞄準閔組長，扣下了扳機。

砰！

「喝！呃啊……。」

「什麼啊？還不死？哎，真浪費子彈……。一路走好，閔大哥。」

蔡警正瞄準胸口流著血，坐在地上的閔組長，連續扣下扳機。

砰！砰！

「嗚呃……。」

閔組長發出一聲短暫的呻吟，身體滑落，頭撞到地面後再無任何動靜。

我奮力跑在鷺梁津站的樓梯上，跑過了驗票閘門，到了往月台的樓梯時，不知從哪裡響起了槍聲。

砰！

我來遲了嗎？事情發生得比我預期的還要早。

難道來不及救閔組長了嗎？我四處張望尋找槍聲來處，此時又傳來接二連三的槍聲。

砰！砰！

槍聲是從月台傳來的。是現在嗎？我以為我來得及……。

我明明沒看見閔組長屍體的幻影，再加上素曇已經告訴了閔組長實情，我以為他能就此逃過死劫。然而事實並非如此。到頭來，我還是救不了閔組長。

一陣空虛感襲來，我突然回頭看了一眼。剛才下樓梯時，我也沒看見自己的屍體。我又往上走了幾步查看樓梯，屍體幻影並沒有慢慢顯現，我也感覺不到任何疼痛。這令我莫名感到不安，但我沒有時間在這找原因了。

我把所有念頭拋在腦後，全力奔向月台。我遠遠看見閔組長流血倒地，有一個男人站在組長面前。我果然來遲了。在我緊急停下腳步時，正低頭看著閔組長的男人轉過身來。是蔡非盧警正。他和我在閔組長屍體幻影中看到的一模一樣。

「真巧，南始甫，你怎麼會來這裡？」

蔡警正望著我說話的那一刻，我渾身僵硬，連手指都動彈不得。他手中有槍，他是用那把槍射殺閔組長的嗎？那一刻，各種念頭掠過我的腦海。

「我應該說過了吧，不要再讓我見到你。」

「啊……是的，您說過。」

「哎呀，你嚇壞啦，不要太驚訝。是閔宇直先掏槍的，我也是迫於無奈。來，你自己看看，閔宇直手上有槍……看見了嗎？」

在超自然現象的閔組長屍體手上並沒有拿槍。蔡警正在撒謊。

「南始甫，不要怕，快過來看清楚，我說的是真的。」

聽到蔡警正要我過去看清楚，我感到一陣寒意。要是我走過去，有可能會像閔組長一樣死在這裡。我一思及此，立刻轉身朝剪票口那頭的樓梯跑去。

原來是這裡。

原來我會在這裡被蔡警正殺死。我終於知道了我的死因，但已經太遲了。

奇怪的是，我的屍體上明明沒有槍傷，也似乎有什麼原因讓我剛才看不到自己的屍體。而且為什麼我的屍體眼睛裡會出現閔組長和素曇？我的腦海裡電光石火般閃過許多念頭，我快速跑上樓梯，跑到一半時槍聲再次響起。

砰！

「啊！」

我雙手抱頭，站在原地不動，就在此時。

「南始甫！沒事了，快抬起頭！」

我突然聽到蔡警正的聲音，於是抬頭往下看。他仍然拿槍瞄準著我，我一看到槍就雙腿顫抖，站也站不穩。

「天啊，怎麼辦？你看到了不該看的東西，沒法子了。殺人犯拒捕，我不得已才開槍的……南始甫，你懂我的意思吧？」

蔡警正說著，放下瞄準我的槍。

「是……。你以為這樣我就會說『是的，我了解』嗎？如果說這是命運，那也沒辦法。再多謊言也改變不了事實！我知道你才是殺人凶手。閔宇直組長也知道，所以你才殺了他。李延佑警衛也是你殺的！」

「喔齁……。真是趕著送死的傢伙。南始甫，該說你這年輕人果然天真，還是笨啊？你和延佑一樣都活得不耐煩了。那我也沒辦法。這大概真的是命運吧，啊哈哈哈。」

蔡警正放聲大笑，再度舉起了槍。

砰！

「呃呃！」

砰！啪噠！

「喔呃！喔喔……。喔……。怎麼會……。」

聽到槍響，我本能地抱頭癱坐在地。好像有子彈穿過了我的身體，可是我查看全身卻不覺得有那裡痛。是射偏了嗎？怎麼回事？

我趕忙朝樓梯下方一看，發現了流血倒地的蔡警正。在我困惑張望之際，前方月台有個人跛著腳走了過來。

「南始甫！始甫啊！你沒事吧？」

閔組長？我出現幻覺了嗎？要不是閔組長還活著，就是我已經死了……。我剛才該不會是被射中頭部身亡了吧？

「大哥？你還活著？」

「是啊！我還活著。始甫！哈哈……嗚呃！」

閔組長跛腳走來，皺著眉頭，壓著其中一條腿。

「大哥，你還好吧？啊！你……你在流血，不要動了……」

「始甫！趴下！」

「啊？」

砰！

我以為一切都結束了，但是突然從我身後傳來一聲槍響，我本能地縮低身體。

「啊啊！」

啪噠！砰！

「呃……。呃嗚，你……。安巡……。」

「南始甫先生！南始甫先生！你還好嗎？」

我這次中槍了嗎？我低下頭，快速查看自己全身上下，這次也沒中槍。

這時傳來了閔組長的聲音：

「安敏浩刑警？哎喲，嚇我一跳……。」

「閔宇直組長！組長！您還好嗎？」

安刑警對閔組長揮了揮手，跑來我的身邊。

「南始甫先生，請站起來，現在沒事了。抱歉，我來晚了。」

「喔……我……應該沒事？」

安刑警用手摸過了我的身體，檢查有沒有中槍。

「是的，你沒事，起來吧。」

「安刑警，這是怎麼回事？咦，素曇？素曇妳怎麼在這裡？」

素曇站在安刑警身後，用手捂著嘴，淚流滿面。不知道是被槍聲嚇到，還是以為我死了。

「啊……。素曇，不要哭，我沒事。我……人還好好的。」

我輕輕拍打自己的雙臂，素曇舉起手遮住了眼睛，試圖冷靜下來。

「那個人不是金範鎮刑警嗎？」

我指著倒在樓梯上的金刑警問。

「是，沒錯。大概是蔡非盧系長要他過來的，幸好沒事。」

「多虧安刑警出現得正是時候，哈哈，啊！大哥，你沒事吧？」

「嗯！我沒事。」

我擔心受傷的閔組長，和安刑警一同走下樓梯。

「可是安刑警你怎麼會來這裡？」

「我剛回警察廳，趙警查聯絡我說素曇不見了。我從閔組長那邊聽說過一些事……怕有什麼狀況，所以趕了過來。」

「我剛到這裡就遇到了安刑警。我一醒來就沒看到始甫哥，我想你一定是來了鷺梁津站。要是告訴趙警查，他一定不會讓我出來，所以我就偷偷地……啊！始甫哥！」

「始甫！快躲！」

砰！

「啊！呃……。」

原本以為已經死了的蔡警正冷不妨抬頭，拿槍指著我。

先一步看到的素曇撲到我面前，擋下了蔡警正的子彈，摔下了樓梯。

「素曇！」

砰！

「呃！」

閔組長準確命中蔡非盧警正的頭部，但事情還沒結束，又響起另一聲槍響。

砰！

「啊啊！嗚呃……。」

子彈穿過站在我身旁的安刑警的腹部。中槍的安刑警轉身，手中的槍瞄準了跪倒在地的金刑警，卻沒能扣下扳機，槍滑落掉在地上，安刑警失足滾下樓梯。

我撿起安刑警掉落的槍，跪下來朝著金刑警扣下扳機。

砰！

「呃！」

子彈射中金刑警的右胸，看到金刑警倒下，頭撞到地面之後，我扔下槍，逕自跑向素曇。

「素雲！素雲！不可以！醒醒！快醒過來！」

「南始甫，你沒事吧？始甫？」

想著素雲還在手術室，我就什麼都聽不到。不，是什麼都不想聽。

「我說會保護好你們卻沒做到，真的很對不起，始甫。」

「大哥你又不是先知，怎麼可能預知素雲會來找我。」

「始甫，不是的，我應該要叫安刑警寸步不離地保護素雲才……。不，現在說什麼都只是藉口，對不起。」

「要是素雲有個三長兩短……啊啊！我這個白痴，我太蠢了！」

我對自己生氣。是我讓素雲身陷危險之中，但如今卻只能打頭自責。

「始甫，冷靜下來。我們等手術結果吧。素雲會沒事的，我們要有信心，好嗎？」

閔組長用力抓住我的雙手，安慰著要我冷靜。

「大哥，素雲真的會沒事吧？對吧？」

「會的，手術一定會很順利，她很快就會醒過來的。」

「可是……大哥你還好嗎？你的腿……。」

「我沒事，只需要拄根拐杖而已，不會影響到行動，很快就會好起來的。」

「幸好……。安刑警呢？安刑警也沒事吧？」

「嗯，好險手術順利結束了，我已經去看過了，他沒有生命危險，醫師說馬上就能醒來……。」

「太好了……。現在只要素曇醒來……。」

「是啊，素曇很快就會醒過來的。手術時間比想像中還要久。」

「嗚……。」

手術時間漫長難耐，我不禁焦慮地流下眼淚。

閔組長輕拍我的背說：

「我也不知道該怎麼安慰你，始甫啊……。」

閔組長收到簡訊，得知安刑警恢復意識，於是去他的病房探望。儘管我也擔心安刑警的狀況，但我無法扔下素曇。

手術室醫師說不會有事，但手術時間比預想的還要長，這讓我感到十分不安。事情不該是這樣的。她說過要救我，但不應該是這樣。

我的屍體眼睛裡能看到素曇的原因，真的是……。那麼，一開始看到閔組長，後來又看到素曇的原因也是……。

素曇說得沒錯。從我屍體眼睛裡看見的，不是殺我的凶手，而是救了我的人。起先救我的是閔組長，因為某種變數，變成了素曇。

難道是因為素曇把實情告訴閔組長，才讓未來出現了改變嗎？只因為說出這件事，素曇就因此賠上性命……。啊，又在烏鴉嘴了，不要再胡思亂想了。

就在揪著頭髮苦惱時，緊閉的手術室門打開，醫師走了出來。

「醫師！手術順利嗎？」

「您是姜素曇的監護人嗎？」

「什麼？啊……」

「如果不是，請儘快叫姜素曇小姐的監護人過來。」

「醫師，這什麼意思？」

「等監護人來，我再一併說明。」

「我就是她的監護人，她的父母都已經去世了。」

「那麼，我跟您解釋一下。起先看到槍傷部位，我認為傷得不嚴重；但手術開始之後，發現子彈射中了心臟，情況危急。因為涉及了心臟附近的部位，手術花了相當長的時間。手術很順利，但……我想必須等她恢復意識才能確定。」

「醫師，怎麼會？您說手術很順利，又說要等人醒來才確定？那……究竟是什麼意思？」

「先生，我知道您很擔心，不過還得再觀察一段時間才能確定狀況。現在能做的只有等待患者恢復意識。還有以防萬一，請其他家屬快過來醫院……。」

「醫師！意思是她可能會死嗎？是這樣嗎？」

「很抱歉，我現在能說的就是要等患者恢復意識。」

「醫師，不行，請救救素曇，好嗎？醫師，拜託了，請救救素曇。」

「現在應該做的，是先讓家屬……」

「她的家人……只有我，她只有我一個了……。醫師，請救救她，請救救素曇，拜託了，好嗎？嗚嗚……。」

我迫切地抓緊醫師的手臂，苦苦哀求。

「請冷靜。朴護理師，妳來照顧一下監護人，帶他去加護病房休息室。」

「好的，醫師。先生，請冷靜，你這樣子患者該怎麼辦？冷靜下來，等待患者的病情好轉吧。患者轉到加護病房了，等到會面時間您就能見她了。您可以先在休息室等，或是等時間到了再來加護病房。我們走吧。」

我跨不出腳步，淚流不止，朦朧的視線裡看見了著急跑來的閔組長。

「始甫！發生什麼事了？你怎麼了？」

「大哥……。怎麼辦？」

「打起精神來，怎麼了？手術有什麼狀況嗎？」

「嗚嗚……大哥……。」

「好，別哭了，素曇沒事吧？對吧？」

「素曇該怎麼辦……。醫師說……要等她清醒才知道狀況……。嗚嗚嗚……。」

「什麼？怎麼會……」

閔組長欲言又止，我們雙雙陷入沉默，手術室的走廊只剩我哀痛的哭聲。

「好，盡情哭吧。唉……都是我的錯。始甫啊，怎麼辦才好？唉……。」

鐘路人潮洶湧的街道上，處處聽得見人群充滿活力的歡笑聲。過去的一週就像是一年般漫長，然而在事過境遷之後，才感覺那一週真的是轉瞬而過。這段時間發生在我身上的事，就像底片般留下了回憶。

我說我要自己來，閔組長堅持要同行，我們一起穿過到處都是情侶的鐘路市區。閔組長的腿傷不嚴重，拄拐杖就能行動自如。雖然他胸口中了三槍……還能活下來，當作是奇蹟能說得過去嗎？想當然一點都不合理。

自從素曇告訴他會如何死去，閔組長就事先穿上了防彈背心，和準備好假血漿。他在大熱天還穿著外套，也是因為這個緣故。

蔡非盧警正怎麼會沒看出來？射了這麼多槍卻沒有擊中頭部，算不算奇蹟呢？閔組長準確地射中蔡非盧警正的頭部，導致他當場死亡。同樣中槍的金範鎮刑警走運撿回一條命，正在醫院接受治療，日後會接受審判，入獄服刑。

不過是一個平凡待業者的我，為什麼槍法會這麼準？多虧服役時認真接受的射擊訓練派上了用場，幸好我的身體還記得當時學到的射擊姿勢。總之，不管你信不信，這都要歸功於我當訓練兵時受過的手槍射擊訓練。

結局就像是我們設計好的一樣，閔組長洗刷所有罪名，他在同期好友金承哲警監的幫忙下，在自己會死亡的地點事先設置竊聽器和針孔攝影機，分別錄下與拍下他與蔡非盧警正的對話。錄音檔與影片被採納為證物，蔡非盧警正和金範鎮無從抵賴罪行。當然，李延佑警衛留下的所有證據也被採納了，我想金刑警至少會被判無期徒刑。

對了，腹部中槍的安敏浩警衛復原速度相當快，目前已恢復健康，只需在醫院靜養兩個星期。子彈以些許差距避開了要害。和閔組長一樣，這又是另一個奇蹟。

我為什麼沒提到素曇呢？因為她……

「素曇，是我，妳認得我嗎？」

「始甫哥……。」

「對，是我。素曇，謝謝妳醒過來了……」

「始甫哥……對不……對不起。我好像……要去和爸爸團圓了。」

「別胡說？不可以，素曇，留下來和我在一起，好嗎？」

「謝謝你，不要太傷心……。叔叔呢……」

「我在這，素曇。」

站在我身後的閔組長連忙靠近素曇，坐在她身邊。

「雖然你不是我……真的叔叔，但始甫哥……就拜託你了。」

「不行，妳要快點好起來，陪在始甫身邊……」

「對不起……。你願意……答應我嗎？」

素曇吃力地抬起手，抓住閔組長的手臂。

「好……。好，素曇，我知道了。」

「始甫哥……。」

「素曇，我在這。」

「始甫哥……你是一個特別的人。呼……請用你的能力……救更多的人……。不要……不要太傷心……。不要……自責……，還有，謝……」

「素曇，素曇！睜開眼睛！不可以！不可以！」

接著傳來機器冰冷無情的嗶聲，是她留給我最後的訊息。

她永遠離開了我。我以為她撐過大型手術，就能好起來……。可能是她知道我會悲痛欲絕，才堅持醒過來留下遺言，要我不要傷心才闔上眼睛。到了最後一刻，她還是在替我著想，我卻沒能說出最後的告別便送她遠行。我將她的遺言牢記心底，就像她說的一樣，我決定窮餘生之力……拯救更多寶貴生命。

「始甫，南始甫。」

閔組長把手搭在我的肩上：

「你在哭嗎？你……想起素曇了？」

「啊……才沒有。」

我連忙拭淚，看向閔組長。

「真的沒事？」

「我很好，我和素曇約好了，一定要救更多人。」

閔組長聽見我的回答，輕拍我的肩膀。

「好像就是這裡？沒錯，在這邊。」

「好，現在時間是……」

「喂，小朋友！等等。」

「天啊！」

「小哲！」

軋——！砰！

尾聲

朝鮮中宗二年

中宗二年丁卯年，一五〇七年

中宗反正，即位為王，為紀念母后誕辰，下令舉行盛大的宴會。六月下旬某一日，距離中宗母親貞顯王后誕辰還有四天，禮曹判書倉促到來。

「主上殿下！」

「……。」

「主上殿下！殿下起身了嗎？」

「殿下！南基哲大監有事稟告，殿下！」

「殿下！禮曹判書南基哲大監來了，您起身了嗎？」

君王此時才從寢床起身，坐下說道：

「金內官，讓他進來。」

「是，殿下。南大人，請。」

「禮曹判書南基哲大監到。」

門開，南基哲大監彎腰走入，行禮。金內官隨後跟入，站在一旁。

「殿下！龍體是否安康？臣禮曹判書南基哲有事稟告。」

「過來吧。」

「是，殿下！一早打擾殿下清靜，微臣惶恐，殿下。」

「說吧，何事？」

「殿下！微臣前來不為別事，殿下！」

「……。」

「殿下！微臣知道此乃大逆不道之言，但殿下的龍體恐會出事，故微臣急忙前來探望。」

「此言何解？南大監的意思是朕會遭逢變故？」

「大膽！南大監！竟敢口出大逆不道之言，妄論殿下安危？」

站在一旁的金內官突然插話。

「金內官，別插嘴。」

「是，殿下，臣惶恐。」

「南大監，你再說一次。」

「臣該死，殿下。明知是大逆不道之言，臣卻不得不說，抱著必死的決心前來稟告。」

「吞吞吐吐說這麼多，究竟所為何事？南大監，你有話就快說吧，到底怎麼回事，別兜圈子。」

「殿下！三天前酉時（下午五點至七點），微臣看見了不該看的東西。」

「說下去！」

「微臣惶恐，殿下！微臣不知如何開口……」

「南大監！有話直說，別打馬虎眼。」

金內官又插嘴斥責了南大監。

「金內官，朕讓你安靜，你竟敢一直插嘴？」

「殿下！微臣惶恐，都是禮曹判書南基哲大監他……」

「就算如此，也不該插嘴！」

「殿下，請予明察。」

「好了！南大監，說！別吞吞吐吐，快說，朕很好奇是什麼事。」

「殿下！請賜死微臣。」

「南大監，你突然說這個做什麼？到底是什麼事，別賣關子，快說吧。朕不會生氣的，莫擔心，但說無妨。」

「殿下！微臣不敬，在大暑（陰曆六月、陽曆七月二十三日左右）酉時見到了殿下的龍體。」

「嗯……。大暑酉時……那天朕未至弘文館與卿等商議國事，那又如何？」

「殿下，並非如此。臣在準備大妃娘娘壽誕時，在慶會樓見到了殿下的龍體。」

「是啊，朕為準備母后的誕辰，正準備要放的紙鳶，那又怎麼了？」

「殿下！請恕罪！請賜死微臣吧！殿下！」

南基哲大監吞吞吐吐，連連磕頭。

「禮曹判書！究竟怎麼了？是什麼事讓你遲遲開不了口？」

「南基哲大監，還不快點如實稟告，這是在做什麼？」

「嘖！」

金內官一開口，王就瞪了他一眼，發出斥責聲。

「微臣惶恐，殿下。」

「南大監莫在意金內官之言，快說！」

「微臣惶恐，殿下，雖是不忠之言，但臣不得不說。」

「知道了，快說。」

「是！殿下，微臣南基哲在慶會樓見到了殿下的龍體。並且……殿下龍體滿是傷痕，傷重駕崩。殿下！請賜死臣，殿下！」

南大監伏低了頭，不敢抬起。

「南基哲大監，你竟敢危言聳聽！」

「金內官！安靜！你那張嘴再打開一次……」

「微臣惶恐，殿下！」

「南大監，發生了什麼事？你一早入宮卻口吐胡言。」

「微臣並非胡言亂語，殿下！微臣見到殿下傷及龍體而駕崩……」

「南基哲大監！你真的想找死嗎？還不閉嘴！朕不想聽下去了，立刻退下，否則朕會現在就摘了你的腦袋。」

「殿下！請明察。微臣抱著必死的決心前來禀報。臣南基哲，斗膽以死請殿下切莫前往大妃娘娘壽誕宴會，絕對不能去啊，殿下。」

「外面來人！把人拖出去！還不動手？快拖出去。」

「殿下！請務必聽進微臣的諫言。微臣真的看得一清二楚，殿下傷重駕崩。殿下！請一定要相信微臣的話。」

金內官急忙走到門口，指示在外頭的內官：

「李內官、鄭內官，還愣著幹嘛？快進來，把禮曹判書南大監帶出去。」

「金內官，先等等！好。南基哲大監，朕就聽聽看你的解釋！但是！倘若事情不如你所言，你就難逃一死，知道嗎？」

「謝殿下聖恩浩蕩，微臣來之前就已經做好必死準備。微臣……能見到特別的東西，他人所看不見的東西。殿下，微臣這次見到的是殿下駕崩的龍體，您絕對不能去宴會，殿下！」

「朕怎麼不去，要我不出席大妃娘娘的壽誕？這豈不是要把朕變成不孝君主，傳出去，百姓會怎麼說朕？哪有百姓願意效忠不向母后拜壽的君主。此事莫再提，南大監。」

「殿下，微臣看得一清二楚，有箭矢插在了殿下龍體之上，這分明有人蓄意謀反，請千萬不要去宴會，保重龍體，殿下！請務必相信微臣的進言，殿下。」

「南大監，你怎麼回事？被降神了嗎？朕不想聽了，朕知道你的忠心，你出去吧。」

「殿下！殿下恕罪。微臣南基哲為人臣子，不能就這樣離去，請承諾微臣不會去宴會，殿下！請承諾微臣！」

「哎……你可真是……好，那你也承諾朕一件事。要是事情不如你所言，那又如何？」

「那麼微臣甘心領死。殿下，微臣的命從來不是自己的，是殿下的，如微臣有半句虛言，隨時願意領死。」

「好！意思是你願意賭上你的腦袋？」

「殿下，微臣豈敢危言聳聽殿下的安危，如微臣有半句虛言，微臣願就地領死，殿下。」

「好，就這麼辦吧。」

「謝殿下隆恩！」

三天後，貞顯王后的壽宴如期舉行，中宗與幾名大臣來到了正在籌備宴會的慶會樓。中宗找來了忙碌備宴的禮曹判書南基哲，問道：

「南大監，宴會準備還順利吧。」

「殿下，您不能到這裡，請儘快……」

「無妨。」

「殿下，您到這裡……」

「朕說無妨。親衛隊長聽令，你坐在離朕近的位置，知否？」

「是！殿下！」

「殿下，請讓親衛隊長留在您身邊，保護殿下周全。」

「親衛隊長聽令，時刻保持警惕，務必讓母后的壽宴順利，盛大地結束。」

「是！殿下。」

「還有，要特別保護朕，別讓不祥之事發生在朕身上，知否？」

「是！殿下。」

「這樣行了嗎？南大監。」

「是，殿下，微臣惶恐。」

「不過，南大監，那個穿奇裝異服的人是誰？要表演何等餘興節目，才穿得如此稀奇？」

「您是說哪位？」

「那……那頭……咦，朕方才明明看見了……。罷了，呵呵……。」

「殿下，您是否龍體欠安？」

「沒，沒事，去準備宴會吧。」

「是，殿下。」

中宗替貞顯王后舉行的壽宴沒有引起任何騷動，盛大地結束了。

幸好沒有出現南基哲大監預言的暗殺者，也沒有謀反的跡象。中宗龍顏大怒，欲斬禮曹判書南基哲，然念他不辭辛勞替大妃娘娘籌備壽宴，以及對君王的一片忠心，方網開一面，命其歸鄉養老。

「大監，請將此上疏呈給殿下，我不能為了自己的命而違逆作為人臣之道。我請求您，將將此上疏呈給殿下，大監。」

「這又是怎麼回事？南大監，你先照顧好自己吧，之後再……」

「不，大監，殿下的龍體如風中之燭，我豈能違逆臣子之道，只顧念自己的安危？」

「唉，你這人真是不知變通，到底是什麼上疏？」

大妃娘娘壽宴後半個月過去，有刺客潛入中宗寢宮，意圖謀逆。該說萬幸嗎？多虧了歸鄉的南大監上疏，迫切求懇中宗再提高警戒半個月。

承政院官員事先看了南基哲大監上疏內容，為了保護南基哲大監，不敢將上疏直接上呈中宗，而是呈上了一份假上疏，謊稱有謀反跡象，懇請中宗讓內官睡在皇帝寢宮半個月，並安排中宗於屏風後的密室內就寢。

就這麼過了半個月，代替中宗睡在寢宮的內官遭刺客暗殺。

承政院官員得知南基哲大監的上疏內容屬實後，將真相告知中宗，然中宗對南基哲大監起疑，判以謀反罪，欲找出幕後主使。不過無論如何刑求，南大監堅決喊冤，最終以死明志。

中宗下令滅南大監九族，所幸，此時暗殺中宗的刺客之一落網，查明了謀逆真凶，南大監一族躲過了滅門之災。查明真相的中宗命收屍入棺，禮葬南大監，並授官賞功。

《看見屍體的男人Ⅰ：起源（下）》完。

作者的話

我想起了南始甫第一次找上我時的情形。如果我送兒子去上學，回家路上突然出現了一具屍體，我應該怎麼辦？我會發生什麼事呢？我帶著這樣的想像回到家，興奮地告訴妻子，妻子聽了以後也覺得很有意思，鼓勵我寫出來。我就這樣與南始甫相遇。

南始甫的名字含義有二，一是《看見屍體的男人》韓文書名的簡稱*8，另一則取自「試用」*9，也就是實習公務員成為正式公務員之前的名稱。正如試用的意思一樣，我認為始甫還有很多不足之處。這就是南始甫。這就是開始。南始甫的故事終於成為了一本書，展現在各位的面前。妻子說南始甫就像離開了我們的掌心，走向了大海。我不知道他將前往何處，但我真心希望他能與更多的讀者相遇。在此，我要代替南始甫衷心感謝Sam&Parkers出版社的金明來室長與其他相關人員，是你們為尚有不足的南始甫指引了大海的方向，感謝你們選擇我這個無名作家的作品，帶領我走到今日。

我這輩子有想完成的夢想。就像俗語所說「虎死留皮，人死留名」一樣，我希望有生之年能把我的名字留在這個世界上，感受到自己存在的價值。出於同樣的原因，我想在此留下我父母的名字。兩年前過世的母親文占順，以及一度病危卻堅強戰勝病魔的父親金藝圭。因為有他們，我才能在這裡。致上我深切的感謝，我愛你們。

還有，我的第一位讀者，也如同是我第一位主編的妻子韓頌伊，我想對妳表達感謝，辛苦妳了。「頌伊，謝謝你，我愛你。」

另外還要感謝我的兒子，謝謝你在看到Sam&Parkers金明來室長的出書提案時比我還高興。也要謝謝我的女兒，你可愛的笑容就是爸爸的維他命。勝浩和書律，爸爸愛你們。最後，我要對我的搭檔說句話，「這段時間辛苦你了，鍾世，以後作家這條路，還請多多指教，謝謝。」

最後，感謝所有一開始在網路小說平台留言支持我的讀者，以及每位閱讀拙作的讀者，希望大家繼續喜愛《看見屍體的男人》，一起支持與關注南始甫在第二部與第三部的成長。謝謝。

空閑K　敬上

＊8：南始甫的韓文原意可解釋為「他」、「屍」、「看」，即看見他人屍體的男人。
＊9：始甫的同音漢字之一為「試補」，指試用或實習。
＊人名皆為音譯。

國家圖書館出版品預行編目（CIP）資料

看見屍體的男人. I, 起源/空閑K著；黃莞婷譯.
-- 初版. -- 臺北市：臺灣東販股份有限公司,
2023.09
下冊；14.8×21公分
譯自：시체를 보는 사나이. 1부, 더 비기닝
ISBN 978-626-329-925-2（下冊：平裝）

862.57　　112010035

看見屍體的男人I
起源（下）

2023年9月1日初版第一刷發行

作　　者　空閑K
譯　　者　黃莞婷
編　　輯　曾羽辰
美術設計　黃瀞瑢
發 行 人　若森稔雄
發 行 所　台灣東販股份有限公司
＜地址＞台北市南京東路4段130號2F-1
＜電話＞(02) 2577-8878
＜傳真＞(02) 2577-8896
＜網址＞http://www.tohan.com.tw
郵撥帳號　1405049-4
法律顧問　蕭雄淋律師
總 經 銷　聯合發行股份有限公司
＜電話＞(02) 2917-8022